晚清大儒

王闿运

微雨江南 著

团结出版社
UNITY PRESS

图书在版编目（CIP）数据

晚清大儒王闿运 / 微雨江南著 . -- 北京 : 团结出
版社 , 2023.5
ISBN 978-7-5234-0074-6

Ⅰ . ①晚… Ⅱ . ①微… Ⅲ . ①王闿运（1833-1916）
－传记 Ⅳ . ① K825.6

中国版本图书馆 CIP 数据核字 (2023) 第 067222 号

出　版：团结出版社
　　　　（北京市东城区东皇城根南街 84 号　邮编：100006）
电　话：（010）65228880　65244790（出版社）
　　　　（010）65238766　85113874　65133603（发行部）
　　　　（010）65133603（邮购）
网　址：http://www.tjpress.com
E-mail：zb65244790@vip.163.com
　　　　tjcbsfxb@163.com（发行部邮购）
经　销：全国新华书店
印　装：三河市东方印刷有限公司

开　本：163mm×240mm　16 开
印　张：14.25
字　数：186 千字
版　次：2023 年 5 月　第 1 版
印　次：2023 年 5 月　第 1 次印刷

书　号：978-7-5234-0074-6
定　价：48.00 元

序 言 以悲悯情怀书写晚清历史风云

聂 茂

　　给历史人物立传，特别是像王闿运这样对后世影响深远且争议颇多的"狂人"不好写啊。

　　我写过王夫之的传记，对王闿运有些许了解。当年，郭嵩焘出任驻英国公使时，作为乡党的王闿运希望郭嵩焘到达伦敦后，尽可能用儒家文化去教化那里的野蛮洋人。他认为圣贤之光无法照到英伦这样的区区小岛，它之所以能够强大起来，不过是通了些"鬼怪之气"，这是何等的"文化自信"啊。曾国藩十分器重王闿运的才华，给了他"不做清臣，不受清事，来去自如"的特殊待遇。王闿运得之，心安理得，后来受了点气，便怒怼曾国藩，拂袖而去。连同为"狂人"的左宗棠都看不下去，说他不过是个"狂悖之徒"。王闿运闻此大怒，直接写一长信给左宗棠，让他用镜子照照自己。但这个"狂人"不仅有血性和个性，而且做事很靠谱，答应的事，一定办好。比方，他对王夫之的学问有些不以为然，曾在王夫之墓前撰联："前朝干净土，高节大罗山。"郭嵩焘欲请王夫之入祠，王闿运并不热心。彭玉麟去世后，船山书院无人主持，王闿运应郭嵩焘之托，前往衡阳，这一去，就是 25 年。他曾多次造访湘西草堂，在东洲岛上重建船山书院，力倡船山学说。郭嵩焘去世后，作为船山书院山长的王闿运揽下了一年一度祭祀王夫之的重任，在他治下，一时"学在船山"，名重一时，大批弟子如杨度、刘光第、齐白石等，都在此求学问道。

就是这样一个集经学家、史学家、文学家、教育家于身的"晚清大儒"王闿运，章太炎却对其多有鄙夷之姿，反讽其"能近雅"，意思是他刻意求雅却雅不起来。钱基博对他的评价则是"名满天下、谤满天下"，也暗示了王闿运是一个饱含诸多争议的人物。某种意义上，争议越多，动笔越难，行文越谨。因为，历史早已为王闿运做了太多的铺垫，也做了太多的注脚，甚至是太多的隐喻，而这些铺垫、注脚或隐喻都需要作者去聚焦、切入、还原并阐释，既不能戏说，又不能虚构，既要吃透史料、依凭史料，又要跳出史料、寄寓个人的臧否。作者要用一个又一个事件、一个又一个场景、一个又一个细节，将传主塑造成尽可能接近历史真实的有血有肉之复杂性格的人物，这是一个极其折磨人的创作过程。作者有此识力、辨力、韧力和才力做好吗？

读完这本传记，我发现作者压根没有我想象的那么复杂，写得那么痛苦。相反，她写得很从容，很淡定，牢牢抓住"大事不虚、小事不拘"的写作宗旨，从王闿运的立身、交友、授徒，乃至于为夫、为父、为邻等方面，以传主的个人经历、生命体验和历史记忆为主线，将个人的道路选择置于时代大潮下，采取众声喧哗的复调叙事方式，异常丰富地勾勒出王闿运"时过境迁心不移"极其不平凡而多维的一生。

优秀的传记等同于优秀的历史叙述。历史人物的传记可以视为从个体视角观照历史的一种方式。晚清波澜诡谲的时代赋予了王闿运太多的神奇色彩。作为政治家、思想家的王闿运因其倡导的"帝王之学"以及晚年与袁世凯的一些来往让其背负了太多负面的声音，其私生活更是成为后人戏谑调侃的谈资。作者跳出了这些杂音，从整体上审视传主，将笔墨投向更值得后人关注和研究的"大儒"身份。跨越两个世纪的王闿运，他所见证的是中华民族在二十世纪所面临的民族危机与时局艰难的生存处境。时运动荡、小家飘摇、世人讥语给王闿运带来了各种各样的心灵冲击，这就使得王闿运在不同时期著书立说、所言所诗不仅是观其性灵和内心世界的窗口，更是反映一代学人在国危民乱中"穷年忧黎元"心路历程之缩影。

王闿运对"知"与"行"有着坚定的信仰和执着的追求，它贯穿着中国传统知识分子"立德、立功、立言"之三不朽情结。世风日变，王闿运历经大风大浪的变迁，不变的始终是他身上一直存留的文人风骨与少年气概：穷不失义，达不离道，得不为喜，去不留恨。王闿运的治学、交友、论道等，无不透露出他作为文化大儒所具有的浩然之气、君子之道，他正身直行，众邪自息，谦逊而不傲慢，博大而又深沉，温柔且有韧性。

值得一提的是，这本传记并没有以王闿运的生命轨迹作为全书的叙事红线，而是抽取他生命中重要的时间节点，紧紧抓住"雅""儒"做文章。首先是王闿运学术上的"风雅"。该书用了充分的内容来表现王闿运在史学、文学上的巨大成就。例如，书中提到王闿运在编纂《桂阳州志》《湘军志》等志书时，他使用班马笔法针砭时弊，虽非史学家但仍坚持秉笔直书的史家个性。在研学治学上，王闿运提出"一代之语，不可仿古，要须择其雅言也"。他在学术上对"风雅"的追求，彰显了"儒"的底色。其次是王闿运生活上的"淳雅"，"蓑衣耦耕自逍遥""与子乐为琴瑟吟""流水高山万里心"，书中这几个章节从归隐、与妻处、与友交来表现其怡然自得的生活雅趣。他在生活上的"淳雅"，见证了"儒"的品格。最后是，语言上的"诗雅"。作者没有采用叙事性的平实话语亦没有采用学院派的学术话语，而是用散文体以及古诗式的诗性语言来为王闿运立传，突出传主"儒"的精神特质。这种精神特质以"语言上的诗雅"呈现的意义在于：一方面，作者以五言、七言句式的诗句做章节标题十分契合王闿运文人雅性的精神气质，即王闿运身上所带有的文人之风骨、之精神、之气血也在这种细腻的且流动性的诗性语言中获得了最独特、最贴切的呈现和表达；另一方面，王闿运的诗很多都是至情至性所作，愤慨现世、悼念妻儿、怀念挚友、感时伤怀都在诗中一一具显。该书这种诗性的语言与传主本身的人生选择具有一种"同构力"和"内向力"，即一种向人物心灵深处开掘的力量。因为作者以真情、温情、深情待之，凸显了王闿运这一历史人物的"人间性"的独特性价值——既伟大又渺小，既闳阔又偏狭，他是文化大儒但又是凡夫俗子，既有雅洁高格的修为与自律，又有七情六欲的现世生活，一切都是从生命至情至性处出发，不屈尊，不放任，嬉笑怒骂，自呈风骨。正因为此，作者这种诗性语言的书写，使该传记具有了一种"至浅而深"的诗学气质。作者对于"雅"的追求也拉开与同类著述的距离，提升了本书的思想品格，使得这本书成为一部类似于王闿运心灵简史的传记。

有论者认为："真正能打动人心的历史人物传记写作，不仅要求作者有对那个阶段历史的深刻认知，有对所传人物的精确把握，更要有常人往往不曾具备的独到眼光，能够洞穿历史烟云的重重遮蔽，发现人所未知或是已知却有意无意间忽略的真相。"这恰恰也是本书作者所秉持和追求的书写方式。王闿运的"帝王之学"在很长一段时间内被人诟病，虽然其思想具有很大的局限性或"不合时宜"，但作者在讲述王闿运所倡导的"帝王之学"时，并没有将过多的笔墨停留在对其思想"局限"的批判上，亦没有以后来者的眼光对其进行居高临下的热嘲冷讽。

相反，作者将王闿运的思想与当时的社会背景结合起来，透过思想去观看历史，再透过历史观照思想，这样的书写，才是我们今天大力倡导的真正的"大历史观"。在书中有这样一段夫子自道："他始终是一个'中国向何处去'的不倦探索者。即使是观点谬误，他也是一位古道热肠的文化人、学者和诗人。其谬误之处既有他个人的原因，也有他个人无法克服的时代障碍。"在作者看来，王闿运思想的局限是其时代的局限所造成的，王闿运想借助帝王之学来挽救江河日下的局势在现代人看来无疑是荒唐可笑之举，但在作者看来，历史人物传记的意义从来不是以猎奇者的眼光去消费历史人物，更不是用后来者的眼光对历史人物进行价值论与道德论上的评头论足，而是以尊重和有温度的眼光，从主人公个人史的角度去探寻背后的原因，更加深层次地认识和把握他们那代人所处的时代之境以及对于百年后的当下意义。从这位传统文化孕育出来的巨人的历史命运里，从有益于世道人心或者是文化的继承与提升方面，也许我们可以总结出些许的经验教训，而不只是将这位巨人当作无聊之谈资、打趣之衰朽，甚或是癫狂之名士。

一部部历史人物鲜活生动的"个人史"汇聚一起，才得以成为中华民族源源不断、奔腾不息历史长河的"民族志"。该书以悲悯情怀重构王闿运"个人史"的方式，让我们重新审视了那段无法忘却的历史，以敬畏的眼光去看待王闿运在那个特殊历史背景下负重前行留下可贵复又可叹的瘦长的背影，这是一个人的背影，也是晚清的历史风云与知识分子的集体缩影。书中这样评价王闿运饱含争议的一生："王闿运一生的目标不在做官，而在做事：做于国家民族有益的事。他的纵横术，到处兜售帝王学，说到底也是这样。当他发现自己所认定的人，与自己的本意相背时，他毫不留情地与之绝决。他的悲剧是他有始终不渝的报国之心，有的却是自认正确的报国之术，结果只能是处处碰壁。这不是个人，而是他所属的时代悲剧。"给出这样的评价需要勇气，从中也充分反映出作者对于传主始终抱有一种生命自审、文化自省与书写自觉的态度，这样的态度就使得作者在对史学界与文学界等汪洋大海般资料的搜集、整理、参考与处理上，避免了从文本到文本的史料搬运与无效嫁接。该书从总体上以悲悯视之，以真情待之，以平等姿态与历史人物对话，恰到好处地将天下、国家、民族之宏大话语与个人、家庭之小写话语糅合起来，成为"有史、有人、有魂、有温度"的好作品，基于此，我要向作者表示祝贺，更要表示敬意。

是为序。

（作者系中南大学湖南红色文化创作与传播研究中心主任、教授、博士生导师）

前　言

　　乡先辈王闿运是晚清经学家、史学家、文学家、教育家，祖籍湖南湘潭，出生于善化县（现长沙市）。字纫秋，原名开运，后改名为闿运，友人称他为壬秋，五十岁后就以壬秋为字，又常写作壬父，别号湘绮。他在当时和后世都有相当大的影响，称得上是活跃在19世纪中期至20世纪初的政坛和文坛的奇才。咸丰二年（1852年）举人，当过晚清权臣肃顺的家庭老师，入过曾国藩幕府，主持过成都尊经书院，后担任长沙思贤讲舍、衡州船山书院主讲等，辛亥革命后任清史馆馆长，著作有《湘绮楼诗集》《湘绮楼文集》《湘绮楼日记》等。

　　前些年，人们谈到杨度时，还不时提到王闿运。杨度给老师王闿运作挽联："旷古圣人才，能以逍遥通世法；平生帝王学，只今颠沛愧师承。"有人说，王闿运是我国帝王学的最后一位大家，因所处历史时代，因帝王学的式微，他和他身后的最后一个封建王朝，都只是最后的一抹帝国余晖，避免不了被历史淘汰的命运。但他在经学、史学、文学、教育等多方面的成就足以称雄于当时。笔者在写作本书的过程中，从他的立身、交友、授徒，乃至于为夫、为父、为邻等方面感受到了他的特点，正如作家王开林说的"硬"和"趣"：腰杆硬、膝盖硬、笔头硬；有逸趣、有雅趣、有谐趣。在这位传统文化孕育出来的巨人的历史命运里，从有益于世道人心，或者是文化的继承与提升方面，也许我们可以总结出些许的经验教训，而不只是将这位巨人当作无聊之谈资、打趣之衰朽，甚或是癫狂之名士。

王闿运的乡人——今人李寿光先生为之写了《蝶恋花》：

一岁春风花一度。过客浮生，总逐流光去。鸿爪雪泥留毁誉，是非漫说无凭据。

偶为乡邦留掌故。论世知人，也采杨雄赋。收拾丛残休吊古，骄阳正在花深处。

也许这是对王闿运一生较为恰当的概括和评说。

目　录

第一章　异兆降奇才，清词隽句露头角

一、流星坠地，奇才降生

据王氏族谱记载，王闿运先祖在明朝时因为战乱从江西辗转迁居到了湖南衡阳西乡，宪宗成化年间迁居到湘潭。王闿运祖上住在邻近长沙的湘潭石泥塘，在五世祖王惠人在世的时候，湘潭已是富庶之地，王家有良田万顷、家财万贯，是富甲一方的大户人家。闿运的曾祖父石泉，排行第四。与骄奢竞富的兄弟们不同，石泉从小勤奋好学，对仕途没有兴趣，成天以诗酒自娱。到了闿运祖父之骏时，王家这一支脉慢慢衰败下来，田产也被变卖得差不多了。

此后，王之骏举家迁至省城善化县（现长沙市区）学宫巷。之骏中过秀才，以行医为生，医术高明又乐善好施，在当地很有名气，靠行医收入维持一家老小的生活。之骏有两个儿子，大儿子名士璠，字奂若，也就是闿运的父亲；小儿子名麟，字步洲。士璠夫人蔡氏在第一个孩子夭折后，好不容易又有了身孕，一家人都热切地盼望着新生命的降生。闿运出生的前一天晚上，蔡氏与弟媳罗氏坐在院子里聊家常，感叹家境窘迫、世道艰难，家翁不幸仙逝又使得这个原本困难的家庭雪上加霜，他老人家弥留之际的最大遗憾是未能见到即将出世的孙子。自蔡氏的第一个孩子不幸夭折以后，"不孝有三，无后为大"的念头总像一块沉重的石头压在她心上，她总觉得愧对老人的殷殷期盼。"现在好了……"她温柔地用手抚摸着肚子里拳打脚踢、不肯安分的小宝贝，想到孩子的降生或许会给笼罩着一片阴霾的家庭带来些喜庆，不禁莞尔。

忽然，夜空中划过一道耀眼的光芒，一颗硕大的流星坠落下来，好像就落在近处，她心中若有所动，"天上一颗星，地上一个人，但愿我孩子的一生也会像这颗不平凡的流星，光彩夺目"。说也奇怪，偏在这时她觉得肚子疼得厉害，一个新生命就要降生，弟媳赶忙将她扶进房中。第二天中午，1832 年（道光十二年）11 月 29 日，孩子呱呱坠地。呵！一个男孩！一个王家几代人急切期盼的男孩儿终于来到了人间！老祖母用颤巍巍的双手捧着广额修眉、方头大耳的孙子，乐得合不拢嘴，众人啧啧的称赞声和新生儿嘹亮的啼声抚平了老人老来失伴的悲哀。老人抱着初生的婴儿细细端详，好像这就是她的命根，这就是王家的救星，生怕有人要从手里夺走似的，她紧紧地将小宝贝抱在自己怀里。

新生命的诞生给罩着几分悲凉的家庭带来了快乐和希望，为了给孩子起一个响亮的名字，闿运的家人苦苦寻思。士璠记起孩子出生前有一张红底黑字的神榜张贴在大门口，上面写着"天开文运"，也许这预示着孩子未来的命运，于是给孩子取名开运，包含着王家人对未来交上好运的一种期盼。现实却是，之骏辞世以后，家里的境况一日不如一日，士璠只好弃儒从商，半路出家的他不善于经商，只能勉强维持生计；王麟在私人开设的学校教馆当老师贴补家用，收入也少得可怜。

1850 年，考取秀才后的少年王闿运曾回到故乡，那正是彤云密布、北风吹雨的时节。泥泞小道使他踯躅不前，触目所见荒村寥落。苍茫暮色中，闿运心中的悲吟苦意难以自抑，他情不自禁地写下了《石泥塘行》：

> ……
>
>> 此乡先氏旧卜宅，良田华屋皆虚丘。
>> 闻道朱楼盛东陌，当时台榭生颜色。
>> 私家休养逢盛世，天下无兵有耕织。
>> 岂知贱谷贵金银，今日万钱三十石。
>> 我寻遗迹无百年，茅茨倒塌双门偏。
>> 其中男妇坐丛杂，数日已见厨无烟
>
> ……

对于这首诗，他自己作注说："石泥塘是高曾旧居。道光卅年，闿运入县学，始诣宅访诸父兄弟。宗门衰弱，多不能自存者。耳目闻见，为此篇。"

那年春天闿运考取了秀才，正是"春风得意马蹄疾"。也许是为了祭祖寻根，也许还带点少年人衣锦还乡的骄傲，他冒着几分料峭寒意回到了故乡。亲历故宅的感慨却不免使他抚时感事增烦忧。这种感怀多少有些沉重，犹如明媚和煦的春日，忽来一阵无情摧花雨，骤袭在少年心头。

二、孤儿易成人，有父恒骄痴

闿运母亲蔡氏克勤克俭、持家有方，将一家人的生活安排得井井有条，生活清贫却和睦美满，偶尔还能给亲朋一些接济。祖母年近古稀才抱上孙子，对闿运怜爱有加，真是"含在嘴里怕化了，捧在手中怕掉了"。闿运从小聪明灵慧，有些文化修养的祖母亲自培育他，希望将他培养成王家复兴的顶梁柱。闿运也慧根早开，据说不到三岁就能将唐诗背诵如流，比起白居易的三岁识"之""无"似乎还要神，从小就有神童的美誉。

正是春暖花开的季节，潇潇风雨中一些绽放得太久的花朵已渐次零落了。一大早，祖母就牵着小孙子在院子里散步，感慨落红满地、花时已去，心里愀然，便教孙子背诵孟浩然的《春晓》：

> 春眠不觉晓，处处闻啼鸟。
>
> 夜来风雨声，花落知多少。

置身片片飞花中，听着清脆的童音，望着摇头晃脑背诗的小孙子，老人不禁用手摩挲着孩子的小脑袋瓜儿，既像是对闿运，又像是自言自语："这孩子日后定能成名，只可惜，只可惜我的年寿也像这落花，已去日无多，等不到那一天了……"

闿运的孩童时代可说是命运多舛。在他六岁那年，一场变故突然降临到这个家庭：正当盛年的父亲意外因病辞世，幼小的他，似乎也懂得这世间最深切的悲哀，不住地哀哀哭泣。也许他并不懂得什么是生和死，但是他似乎感受到从此以后再也见不到深爱他的父亲，他呼天抢地、哀哭不已。闿运并不知道，父亲的离世意味着王家从此只剩下孤儿寡母撑持门庭了，"内无应门五尺之僮"的家运也落到了他的头上。雪上加霜的是，这一年他得了一场重病，差点夭折。病愈后的他，身体羸弱，已六岁的他甚至连门槛都跨不过。老年丧子的祖母忍着白发人送黑发人的巨大悲痛，悉心照料着孙子，将整个身心和全部希望倾注在这小小生灵身上。丈夫之骏行医多年，她耳濡目染，也懂得了一些调理病体的医道。她知道孙子胃纳不佳，需要进行根本的调理，于是，每天用碾成粉末的白术细心喂他。闿运的脾胃日渐好转，身体一天天地健壮起来。闿运后来一生安泰，几乎没生过大病，与小时候祖母的精心照料不无关系。他回忆幼年生活时说："余少小钝弱。""钝"大概是自谦之词，"弱"却是恰如其分。然而，他却也因幼时体弱而反得后来的身强。这都多亏了钟爱他的祖母。祖母既是他的第一位蒙师，又让他拥有强健的体格。

七岁时，闿运到离家不远的李鼎臣先生设的私塾读书，每天早出晚归，从不懈怠。因为身体弱小和身世凋零，上学和放学的路途中，常有一些调皮的小孩挥着拳头向他示威，或者故意找碴，每当遇到这种情况，闿运总是埋头赶路，从不与他们计较。见到他这种遇辱不惊的气度，人们感叹说："这小娃子日后定能成大器！"许多年后，王闿运曾对与他同命相怜的十岁孤儿刘锡庆说："孤儿易成人，有父恒骄痴。送尔忽自念，戚然临路岐……"虽经岁月流逝，那种感同身受的悲痛仍重现心头。闿运少年生活的艰辛与困苦并没有使他失去生活的勇气，反而"玉汝于成"，锤炼了他的心志。

三、励志向学，昕夕不辍

王闿运九岁就读完了四书五经，并且都能背诵。在私塾读了三年，闿运常因文章出色被师长们赞扬，博得同学们倾慕。十岁时，因为家贫，闿运不得不中断私塾的学习，跟着出外坐馆的叔父步洲学做八股文。闿运十三岁时，祖母去世，这正应了她当年看不到闿运长大成人的预言。这时的王家已是家徒四壁，甚至无力安葬亲人，只得将学宫巷的房屋变卖，租住到杨家花园。闿运跟着在宜章县署学馆的叔父学习，孜孜不倦地广泛涉猎经史辞章。后来，叔父受聘到应州县做书记，因为离家太远，往来不方便，闿运便留在家中"赋闲"，虽然名为赋闲，可是闿运却利用这段时间更加努力地学习，学业一天天进步。十五岁的他边悉心侍奉母亲，边勤奋学习。没钱买书，他就千方百计借书，借来以后赶紧读完，并认真抄录书中的精彩部分。前人苦读的精神激励着闿运，他的抄书习惯或许就是从那时开始养成，而真正使他下决心一生孜孜不倦地抄书还是他 22 岁那年。一个偶发事件深深触动了他。

那年正逢太平军进攻湘赣一带，闿运在南昌书店意外得到一本宋牧仲手抄的《苏东坡诗集》。他得知这本诗集竟是牧仲在吃官司时，在颠沛困顿中坚持抄录下来的，大为感慨："先辈们如此刻苦，我们怎么能不努力精进！"他当时就决定自己每天都要抄书，列出抄书计划，并立即付诸行动。这时恰好得到了一本宋版《玉台新咏》，他如获至宝，决心要用三个月的时间抄录下来。时任江西鄱阳县令的好友李伯元知道了他的想法，认为他的计划难以实现。然而，不到三个月闿运便将书抄完了。李伯元对他这种锲而不舍的刻苦精神既佩服，又惊异。闿运一生抄录经史子集各类图书不计其数，闿运的儿子曾经说："不管是严寒还是酷暑，不论是在家中还是在外赶路，五十年来，父亲抄过的书以万万计。两千年以来，也许还没有哪个学人抄书像我父亲这样勤奋。"

当时正是清朝道光年间，人们普遍看重科举。读书人都恪守寒窗苦读的古训，心无旁骛学习八股文。读书人沿着科举之路皓首穷经、孜孜以求。看着众多读书人如过江之鲫涌向八股之路，闿运却不同流俗、泰然自若。

有一天，闿运借来一本《楚辞》，书中优美的文辞和作者高尚的情怀如窗外花丛中翩然飞舞的彩蝶，触动了书斋内这位少年多感的心。他情不自禁在课堂上悄悄朗诵起来：

纷吾既有此内美兮，又重之以修能。

扈江离与辟芷兮，纫秋兰以为佩。

数千年前那位峨冠博带，不惜举身赴清流的三闾大夫屈原所做的一切是那样的令他神往。"'纫秋'，对，就以'纫秋'为字"，因为忧国感时，由《离骚》而联想到自己，由"纫秋"而想到自己的未来，他觉得馨香满颊，心里不禁为这一念头很有些得意了。猛然，塾师的手伸过来，严厉的目光中带着责备与不满，闿运赶忙将书收起。

自此，闿运在课堂上尽量克制不看"闲书"，跟着塾师学做与科举进仕之道有关的八股文。他立志要读尽古往今来自己未读之书。这位勤奋的少年热切地向往着外面的世界，渴望读书交友，渴望从良师益友那里汲取养分。

四、少年负才名，佳句结良朋

闿运九岁就因能背诵五经、会写文章，与姑妈的儿子——写得一手好字的郭正斋一起被两家的亲戚朋友称作神童。十六岁时，他拜刘焕藻为师，又结识了学问通博的罗熙赞。罗熙赞也少负才名，他认定闿运资质卓异，介绍闿运认识了居住在城南书院才华横溢的学生刘凤苞，以及被人们称赞的城南书院院长的女婿邓绎（又名辅绎，字葆之，又字辛眉），以及邓绎的兄长邓辅纶（字弥之）。

城南书院是长沙南门外的一所著名学院，现为湖南第一师范学院城南书院所在地。城南书院与当时隔江相望的岳麓书院同负盛名。绍兴三十一年，著名理学家张栻随被贬谪的父亲张浚（南宋初期主战派代表人物）来到长沙，在他长沙城南的寓所创办了城南书院，四方学子纷纷前来。张栻和朱熹本来就意气相投，现在相距咫尺，更是经常讨论学

千年学府岳麓书院

术，来往密切。两人还常常在岳麓书院、城南书院轮流讲学。岳麓书院是中国古代著名的四大书院之一，创建于宋开宝年间，坐落于湘江西岸的岳麓山下。作为世界上最古老的学府之一，它的每一组院落、每一块石碑、每一片砖瓦、每一叶风荷，都闪耀着时间的光芒。南宋时期，岳麓书院更因理学大家朱熹亲临讲学而声名鹊起。这两所书院像两颗明珠点缀在湘江畔。各地读书人慕名前来，络绎不绝。湘江两岸的渡口，每天云集的士子往来不绝，晨昏不断，因而被称为"朱张渡"。

清初，统治者为了巩固自己政权，唯恐知识分子以书院为场所聚众宣传反清复明思想，因而实行文化禁锢，书院曾一度遭到禁毁。到了清中叶，随着政局慢慢稳定，统治者意识到书院在笼络、控制知识分子和引导其趋向举业、为己所用方面具有积极作用，于是积极倡导，书院又开始盛行。到了清末，岳麓、城南书院在社会上受到广泛重视。近代湖湘知名人物，几乎都与这两所书院有着密切联系。至今仍存的岳麓书闿运原来在营盘街戴家祠堂念书，并开始参加童子试。写诗作文都是他的拿手好戏。一有时间他就舞文弄墨，吟诗作对。他与邓氏兄弟的相识就因为其诗在当时小有名气。他的诗稿一出来，大家都想先睹为快，邓氏兄弟倾慕他"月落梦无痕"的诗句，专程来拜访。由于诗缘，闿运还认识了同在城南书院读书的李篁仙、丁取忠、龙汝霖等意气风发的才俊。李篁仙形骸放荡，很有才名，与闿运最为投缘。他和闿运几乎天天见面，谈诗论文。有一次，李篁仙徒步踏雪来到闿运的书斋，窗外朔风呼啸，大雪纷飞，两人却意兴盎然，拥炉而坐，闿运与李篁仙一气呵成联了二十韵，被传诵一时。与书院的朋友们交往日益密切后，闿运禁不住朋友们的劝说，对书院越来越向往，于是他告别戴家祠堂，迁居南门，进入城南书院读书。到了书院，闿运如鱼得水，每天与朋友们论学吟诗，十分快意！

当时城南书院院长是陈荛农先生，德高望重的陈先生有一个怪癖：讲学时只许高才生入内听讲，庸碌之辈不能入斋。闿运虽然到书院不久，但陈先生早就听说他俊逸超卓，特许他入内斋问学。闿运问学的精深、思虑的周全，常常令陈先生惊叹。除了师从陈先生外，闿运对诗词一直颇感兴趣，时常向词赋科被奉为一时之冠的长沙宿老熊雨胪先生请教。

有一次，熊先生特地选了四十篇文章让他在几个月内熟读。没过几天，闿运就来回复了："熊先生，您交付的功课我完成了！"熊先生很惊讶："怎么会这么快！"熊先生便故意提了些艰深问题考闿运，没想到闿运对答如流。从此以后，熊先生逢人便称赞闿运说："我平生没见过像王绍秋这样的人才，天资特异，日后必然有成。不但我应该让出一席之地，就是古往今来的名家，恐怕也要退避三舍啊！"他勉励闿运要勤奋精研，不要辜负他的期望。

闿运果然不负众望，不到二十岁就中了秀才。也是在这一年，他认识了被称为异人的彭嘉玉。彭嘉玉研习"三礼"，在当时言"礼"各家学派中最为精研，又爱谈行兵布阵之法。他隐居长沙城中，很少与同辈人交往，与闿运却一见如故，两人经常通宵达旦、不知疲倦地谈礼论道，竟成了忘年之交。正是在这些宿儒、有识之士的影响下，闿运更加精勤于经史学问。他还手不释卷地抄《史记》，日夜勤读。从这时起，闿运心中就埋下了经世致用的种子，而不只是着意于辞章。

1851年1月，广西桂平金田村爆发了太平天国运动。太平天国运动兴起之时，正逢清朝道光皇帝驾崩。大清帝国承平日久，道光即位三十年，前二十年仍不失为"太平天子"。道光二十年即1840年夏，英帝国主义用兵舰封锁珠江口，炮轰广州，揭开了鸦片战争的序幕。1842年，清政府签订了丧权辱国的《南京条约》。到了这时，中国开始由日薄西山的封建帝国沦为了半殖民地半封建帝国。中国民众在清政府对外奴颜媚骨和对内残酷镇压中觉醒。太平天国运动的爆发，正是社会矛盾激化的直接产物，这时，清政府已如风中的败叶，徒然作最后的挣扎。

自1846年即清道光二十六年起，湖南连年发生水、旱等自然灾害。当时新宁境内李沆发率领饥民起义，杀掉知县，占领了县城。广西境内的饥民也伺机而动。清朝统治者害怕民众的觉醒，命令各省官员处变勿惊，书斋内的读书人也仍大多埋头苦读圣贤书，两耳不闻窗外事。

就在这风雨飘摇的年代，闿运和同窗好友兴致勃勃地创立了"兰林词社"。词社由已诗名大噪的李篁仙倡导成立，除了他和闿运两人外，还有龙汝霖、邓氏兄弟。在这之前，他们几人平时便经常在一起填词作诗，可是见面的时间不固定，李篁仙常常因为临时有事错过有意义的聚会。因此他提议："我们何不干脆成立一个词社，既有固定的社日集会，满足大家的心愿，平时也可以加强联系，交流切磋。"大家一致赞同，词社就这样成立起来了。每逢社日，几个兴趣相投的年轻人一起寻幽访胜、踏雪寻梅，岳麓山畔、橘子洲头到处留下了他们青春的足迹和欢笑。

当时，湖南境内的道州何绍基、邵阳魏源、长沙杨性农、新化邹叔绩、宁远杨季鸾、湘乡刘蓉早有"六名士"之称，文采风流倾动一时。筼仙、闿运等人初生牛犊不畏虎，自称"湘中五子"，闿运曾说："'五子'中乃无一人在词林，若在道光朝，皆不得比士大夫，敢言诗乎？"少年之意气昂扬、志向高远，大有与前辈学人争雄之意。

这"五子"确有不同凡俗之处。龙汝霖是举人，李筼仙、邓辅纶是贡生，王闿运、邓辅绎虽只是秀才，却已文名远播。有一天，王闿运在书斋读李延年的《五君咏》，心中一动，想到自己也有五个意趣高远的好朋友，他们不同流俗的性格在脑海里一一浮现，每个友人的形象都是那么栩栩如生，他不由兴奋地提笔写出《彭处士嘉玉》：

> 彭子少驸宕，韬光久藏用。
>
> 意敛迹愈高，虑深疑转哄。
>
> 沉冥类守愚，孤情实隐恸。
>
> 独往深古心，亮节有时送。

他一气呵成地写了《龙举人汝霖》《李优廪寿容》《邓拔贡辅纶》《邓文学辅绎》，这才意犹未尽地放下笔来，心中想道：明天朋友们看到我写的《五君咏》，一定会交口称赞，说这些诗与李延年的不相上下。想到这里，他惬意地笑起来。

1851年8月，一次社日集会，闿运提议说："古人云：'读万卷书，行万里路'，正是秋高气爽的好时节，我们一起去游南岳衡山，各位以为如何？"龙邓二人高兴地应和。

王闿运、龙汝霖、邓辅纶结伴同游南岳。他们乘船溯湘流而上，三人默默端坐船头，日暮云重、晚风吹拂，四望茫茫，闿运不由吟道：

> 晚风吹流波，奔波不可寻。
>
> 连冈无断踪，重云生远心。

吟诵声在夜空中久久回荡，与秋蚕鸣虫相和，平添满怀愁绪。如水的夜色中，大家一时都静寂无语，纷扰的时事向心头涌来，也就没有了赋诗的雅兴，各自回舱休息。

躺在船上，闿运仍辗转反侧，难以入眠，想起春天的邵阳之行。

那正是三月杜鹃盛开的时节，虽然阴雨绵绵，而且只是独自一人，可丝毫没影响他踏青的兴致。绿树蓊郁的山林，不时有山鸟被惊飞，"扑棱"的展翅声与清脆的鸣声相和，和谐而恬静。当时，他也写了一首诗《邵阳山行》，欢悦而充满朝气：

> 阴雨弥四旬，端忧阻川原。
>
> 高空曜晨日，万壑始光鲜。
>
> 湿云眄陂塘，垂采映晴涟。
>
> 飞鸟学和声，从母出林间。
>
> 客心感春气，物态匪旧颜。
>
> 何以写芳游，愉悦在忘言。

那是多么令人心醉的时光，而今时势日趋紧张，政府却仍然禁锢着读书人不许过问时事。外国的炮舰已打进来了，义民和贼寇四起……伴着纷乱的思绪、沉重的忧思，和着波涛与船工们有节奏的摇桨声，闿运慢慢进入了梦乡。

第二天一早，船靠岸了，三人开始登山。南岳是五岳之一，山势雄伟。千百年来，有不少名僧高人在这里结庐而居，或修炼，或隐退，留下不少文化遗址，蔚为大观，历来为骚人墨客所爱。

闿运一行徒步沿山路拾级而上。沿途古松苍翠，长势喜人。有的从山崖边探出身子似向游人问好，有的出其不意从拐角处露出头来，给游人一个惊喜，更多则是侍立道旁，宛若列队欢迎的卫士。年轻人在迷人的大自然里忘记了攀登的疲劳，谈笑风生、意兴盎然。一行人很快便来到南岳大庙，金碧辉煌的建筑宏伟巍然、庄严肃穆。望着南岳大帝的赫赫尊容，闿运心里不免有些森然，心想，如今世事动荡，神灵怕也难以保佑黎民百姓了。

出了大庙，三人继续前行。薄暮时分，闿运和友人登上南天门，远眺天宇，云气旋绕，无边无涯，在长风鼓荡下，似雪涛乱涌。置身茫茫云海，好像身蹑虚空，恍恍惚惚。偶尔一两只鸟儿破空而来，飞落身旁，打断人们的冥思遐想。大家见天色渐晚，决定投宿于靠近山顶的上封寺，以便明天看日出。寺里的僧人热情地接待了三位年轻人，把他们安排在幽静的客房中歇息，房中如豆的灯光摇曳闪烁，在南天门登高远眺的感受又重新浮上心头，闿运顺手拿起笔来，一首《登南天门宿上封寺》跃然纸上：

清肃閟幽崖，喷薄漱泉根。

沉沉积石寒，暖暖残阳昏。

下方凉雨颓，上界晴云奔。

高天覆圆盖，黛色尽烟痕。

飞鸟堕我前，相与叩石门。

置身六合外，息影南斗垣。

写罢自己低吟了几遍，觉得很满意，回头看了看已经酣然入睡的友人，倦意袭来，便也洗漱休息。

第二天一早，大家登日台望日出。虽是暑期，但南岳顶上却寒气逼人，大伙儿眼睛直盯着远空，只见东方白雾中一线朝霞裂作金黄色，横贯南北，渐渐地，霞光越来越耀眼，正东方尤其艳丽夺目。过一会儿，一轮橘红色从云层底部喷涌而起，光华万道，大地豁然开朗，使人神清气爽。登上祝融峰顶，遍观七十二峰远近出没，多不可辨。然而它们高低断续，犹如波涛起伏；四望潇湘蒸水，白如练带，在山中的烟岚之外若隐若现，仿佛田间沟渠，煞是迷人。回到客房，闿运仍沉浸在之前宏伟壮观的日出景象中，心想：要是现在的中国国势也像这初升的太阳，那多好呀！他按捺不住心中的兴奋，挥毫而就《祝融峰》：

> 万纬朝日宫，朱明禀纯阳。
>
> 天地通淳曜，炎炎见南衡。
>
> 元枢仰皇德，真宰镇交荒。
>
> 日月动左右，远近无异光。
>
> 曾闻中天礼，舜狩启百王。
>
> 登封造巍巍，谁及圣道昌。

南岳之行，让几个年轻人开阔了眼界，领略了祖国江山的雄姿，他们心里也孕育了一个坚定的信念，那就是：要用自己的双手去托起明天的太阳，成为挽救国家的擎天之柱。

南岳之旅对闿运是一次文化洗礼，他深切地感受到中华文化的壮丽和凝重，心底里升起对文化的使命感、责任感。从此，闿运——一个逐渐成熟的年轻人走出书斋，走向社会。

第二章　平生帝王学，游说"诸侯"成割据

太平军起事已近两年，局势动荡起伏，王闿运的宁静生活也被打乱了，不复往日的优雅恬淡，开始了人生的坎坷旅程。在这一阶段，他为他的帝王之学奔走，为实现理想而奋争，也伴随着壮志难酬后的短暂休整。

一、虽惭携短剑，真为看山来

1852 年（咸丰二年），正是烈日炎炎，太平军进攻长沙。太平军来势迅猛，很快就将长沙包围，然后采用炮轰、挖地道等各种办法攻城。可是长沙古城，自汉代筑城以来，累朝加固，要用土枪土炮攻下来，谈何容易！两个月过后，直至 10 月，古城仍岿然不动，太平军只得于 10 月月底渡湘江向西进军。

曾国藩　像

　　隆隆的炮声似骤降暴雨，把人们从安详的梦境中惊醒，战争打破了安宁的生活，也促使他们从现实中猛醒。在太平军进攻省城的时候，城中将士只是胆怯地抵御，根本谈不上反击进攻。血气方刚的王闿运和朋友们聚在他的忘年交、熟稔兵法的彭嘉玉的书斋里谈论兵略。当大家谈到守城将士大多胆小如鼠又无谋略时，彭嘉玉拍案而起："尽是些尸位素餐的家伙！"面对严峻的现实，闿运陷入深深的思索："国家兴亡，匹夫有责"，他认为光靠一时义愤无济于事，应有自己的谋略。从此，他更加关注时事国势，认真研究兵法。身在书斋却常常向往效力军营，然而一想到自己是一家之独男，高堂老母健在，养家糊口责无旁贷，便叹息"长恨此身非我有"，万丈雄心如月隐云层，只得暂时收敛。坐在书桌前，他每每自问："'钗在奁中待时飞'，何时才能施展才能，展翅翔翔呢？'好风凭借力，送我上青云'，什么时候才能遇见助我上青云的伯乐呢？"

王闿运在书斋长吁短叹之时，中国近代史上一位叱咤风云的人物出山了，他就是曾国藩。曾国藩，字伯涵，号涤生，出生在湖南湘乡县荷叶塘一个地主家庭。曾国藩早年入长沙岳麓书院读书，24 岁乡试及第。1838 年（道光十八年）中进士，参加朝考后入翰林院为庶吉士。1840 年被授翰林院检讨，正式进入仕途。之后，便经常出入大学士倭仁和太常卿唐鉴门下，奉这两位理学家为师。

曾国藩步入仕途的那年，正值鸦片战争失败，清政府与帝国主义侵略者签订了丧权辱国的《南京条约》，清廷的腐朽使得农民起义不断爆发，就在曾国藩的身边，湖南农民起义也此伏彼起。曾国藩深切地感到，内忧外患不仅使清政府统治摇摇欲坠，自己的官位也将不保（这时他官居侍郎）。他向皇帝上治国条陈，面对太平军的浩荡声势，他与最高统治者一样心怀惊恐，主张以重兵残酷镇压。

1852 年 7 月，因母亲去世，正要赴任江西主考的曾国藩改道回湘守制。按惯例，父母辞世，官员必须丁忧守制三年，除非为了军国大事奉天子之命才可以破例。有着牢固的封建道统观念，又以理学名士自居的曾国藩遵循了这一惯例，他在群山环抱、荒凉冷僻的家乡守制，但他犀利的眼眸却时刻关注着与他显赫官位和身家性命紧密相连的域内风云。

这一年 10 月，太平军放弃省城长沙，挥师绕道益阳，过洞庭湖，直逼岳阳，拿下岳阳后，又马不停蹄向湖北进发。不到年底，太平军便攻陷了武昌。他们接着东征，两月之内又攻下了安庆、南京。对于太平军的长驱直入，清廷上下大为恐慌。

曾是六朝古都的南京，一直是太平军的主攻目标。太平军认为南京是建都称帝的好地方。顾不上挥师北上，将南京攻下后，洪秀全就迫不及待坐上了龙椅，享受天子之尊。

清政府方面，则似噩梦醒来，天下整个儿地变了样。面对突如其来的紧急局势，清廷上上下下束手无策。过去一直所倚重的绿营兵在太平军强大的攻势前形同虚设。大军还未到来，他们已闻风丧胆，一击即溃。为解燃眉之急，清政府迅即命令战事波及的省份，利用太平军自顾不暇、攻势减弱的战争空隙赶办"团练"。

团练是地方军事组织，本来是为了安民防匪，却常常成为操纵在地主手中的武装力量，变为他们独霸一方、盘剥百姓、骚扰乡里的工具。1853年初，居家守制的在籍侍郎曾国藩受命在湘督办团练。这位受命于"危难之际"的曾侍郎奉旨在省城长沙督办团练的时候，起初可说是诸事不顺。负责管理全省军事的武官、提督鲍起豹及其下属，都故意为难曾国藩。省城大小官员谁人不晓曾国藩锋芒毕露的个性？他在这边孤身一人，所恃者唯尚方宝剑。衙门林立，掣肘之多使他举步维艰，仿如一块尚不够分量的棱角分明的石头在激流中被冲得昏头转向。不得已，他只好将团练总部迁往衡阳。

位于衡山南麓的衡阳，物富民强，横跨湘水，一条大江将城劈成东西两半，地理位置十分重要，历来是兵家必争之地。从风气龌龊、排挤打击他的省城官场来到衡阳，曾国藩"龙游浅水遭虾戏，虎落平阳遭犬欺"的感受一扫而光。在这局势平静、风光秀丽的古城，他大展宏图的雄心又油然而生。

曾国藩以科举起家，并不擅军事，但他创立了一套办法办团练，他认为"团"与"练"有区别，"团"实行保甲，在于清理户籍，使匪无处藏身；"练"就是在短期内训练出一支有战斗力的队伍。他仿效明末戚继光戚家军的练兵法，用宗法观念和封建伦理纲常教育这支主要成员为家乡子弟的军队。在短时间内，他不仅训练出一支兵勤将勇的部队，而且整个军队步入家长制轨道。曾国藩在清廷众多官僚中的确是有抱负，也想有所作为的能人干将。多事之秋，对清廷而言，并非良时；而对曾国藩来说，未始不是一个让他一展雄图、大显身手的良机。曾国藩很想干一番轰轰烈烈的事业，既跃跃欲试，又从容有致。他决定广纳人才，以便集思广益，定救国良策。在长沙办团练时，他就下令人人都可以上书言事。从练兵开始，在他的身边一直有一群充当他智囊的谋士为他献计献策。青年学子王闿运就这样走入了曾国藩的视野。

1854 年 1 月，曾国藩正与人下围棋，忽然亲兵前来报告说，有一位年轻的读书人求见。谁会在这寒风料峭的时候来访呢？曾国藩一边寻思，一边传令接见。

只见一个丰仪隽秀的年轻人跨过门槛，双手一揖："在下王闿运拜见大人。"

"哦，足下便是王纫秋？"曾国藩当时官居侍郎，已年过不惑。王闿运则刚中秀才不久，年方弱冠。无论是年龄，还是社会地位，他们都是两代人，而且是两个层次的人。曾国藩怎么会称这个后生小子为"足下"呢？原来，闿运虽然才二十来岁，但文名远扬湘楚，非等闲之辈，当时正是曾国藩延纳良才之际，以儒将自许的他才会如此谦恭，礼贤下士。还有一个更为直接的原因，在王闿运来此之前，曾国藩已收到了他通过幕僚送上来的一个用兵条陈，其中不乏真知灼见，也能付诸实施，曾国藩采纳了其中的大多数建议。曾国藩对待读书人一贯的态度是谦恭自抑，礼遇有加，更何况是对待颇负盛名的王闿运呢！

望着这位朴实稳健、神采飞扬的年轻人，曾国藩笑吟吟地招呼着："久仰大名，请坐，请坐！"王闿运见曾国藩这样的儒雅气度，稍稍谦让了一番，也就不再拘礼，大大方方坐下。

"涤丈广开言路，鄙人斗胆写了几次条陈，承蒙嘉纳，深感荣幸。"闿运一落座便发自肺腑感谢这位湘勇最高统帅的知遇之恩。

"足下的治军之议深入精辟，后生可畏呀！"曾国藩的褒扬确是由衷之言。闿运上的条陈都是有的放矢，针对湘勇中的弊病提出来的，对纠正治军中的偏差不无裨益。当时看了条陈，曾国藩就赞赏这位年轻人的谋略与胆识，有心结纳，没想到他今天主动上门来了，真是大喜过望。

"眼下时势越来越严峻，不知涤丈有什么对策？"王闿运避开曾国藩的褒奖，单刀直入询问军情。

"彭砥先不久前提议先攻克靖港，再乘胜收复省内其他失地。"曾国藩一边摸着几茎胡须，一边沉吟着说出彭嘉玉——王闿运挚友的意见，这其实也深合他自己的心意。湘勇在衡州操练日久，虽在支援江西的战事中和近日岳州交锋中，轻敌受挫，但曾国藩以为小败在所难免。这次不同，一则他准备亲率精锐攻打敌军，一则太平军刚好分兵占领湘潭，北边兵力有所削弱，此番乘势北进，定可直取武昌，收复失地。相信牛刀小试即能使湘军声名远播、扬眉吐气。曾国藩沉浸在遐想中。

不料，闿运的一番话让曾国藩心里一沉："此计虽好，但未免有急躁冒进之嫌。若进军途中被拦截，后又在湘潭被围堵，腹背受敌，是兵家之大忌。依鄙人之计，不如南下解湘潭之围，以重兵速取，或可取胜。万一失利，还可退驻衡州，以图东山再起。还望您三思！"

王闿运的这番话不无道理，但曾国藩这时已听不进去，一是自己早已胸有成竹，不愿改变；二是军中已早有部署，意见已趋于一致，眼前这位青年虽非凡俗之辈，言之也有理，但毕竟年轻，谙事不深，也没有用兵的经验，岂可因他便推翻原有计划呢！他沉吟半晌未答。正在这时，靖港来人请求出师，说浮桥已搭好，只要大军一去，太平军必定落荒而逃。

"事不宜迟，兵分两路，一路由我亲自率领攻打靖港，一路由塔齐布负责，率军进军湘潭。"

面对此情此景，王闿运知道再多说也是无益，只得默默告辞。

这次靖港之战，湘军惨败。曾国藩不但一败涂地，而且一度想投水自杀，后来被部将极力劝阻，自杀未成。湘潭一役倒是成功，塔齐布攻打湘潭取得大捷。

这个王闿运可真是料事如神，曾国藩暗忖，后悔没按照王闿运的建议行事，招致兵败之辱。在悔恨交加的尴尬心境中，曾国藩再次领略了闿运的才识。

靖港之役后，曾国藩率部回长沙休整。有了靖港之役的沉痛教训，不但曾国藩，湘军上下都对王闿运刮目相看了。练兵的闲暇，湘军水师营中的彭玉麟、陆军中的陈世杰经常来找闿运分析时事、讨论军事。有一次大家谈兴正浓，冷不防彭玉麟说道："纫秋，我们常来找你，很不方便。你既胸怀甲兵，素有大志，何不一起效力军中呢？"

王闿运一时不知怎么回答。行兵论战并不是他的最终目标，他向往的是辅佐贤主扭转乾坤，成就开朝立国的伟业。这些内心深处的隐衷他又怎么好向外人透露呢？他更不能告诉彭、陈二位友人的是，他曾在曾国藩面前力陈时势，慷慨激昂地劝说曾国藩当机立断，果敢行事，但曾国藩却只是王顾左右而言他；看样子，曾国藩没有政治远见，也没有过人的方略，曾氏最大的愿望也就是出将入相！既然投笔从戎到曾国藩麾下难以施展自己最引以为豪的纵横之学，何必多此一举！

从少年时代起，王闿运就钦佩战国时期苏秦怀帝王之术，身佩六国相印，促使各国联合起来一致对付秦国。张仪为了促成秦国的统一，采用离间六国之计，终成大业，令他心驰神往。身处乱世，王闿运希望自己能有机会实现愿望，能够慧眼识珠，觅得贤君圣主，并助其成就伟业。他原以为声望蒸蒸日上的曾国藩是他心目中的绝佳人选，然而曾国藩态度暧昧。也许这种时候提此问题对曾国藩来说是烫手的山芋，时机还未成熟？闿运独自揣度着，"知音少，断弦谁听"，他只能若无其事地苦笑着对两位友人摇摇头，凝望着摇曳的烛光，默然无语。

送走彭、陈两人，闿运沿河堤漫步，夏夜月朗星稀，江风宜人，河堤早已失修，坑坑洼洼，但两边成排的柳树却依然枝条依依，似牵衣欲语。他这时已没有诗兴，只是轻抚柳枝，心中黯然：自己不也像这依依柳枝，想"强簪巾帻"，可落花有意，流水无情。怅望奔流不息的江水，闿运不由自主吟诵道：

> 兰若生春夏，芊蔚何青青！
> 幽独空林色，朱蕤冒紫茎。
> 迟迟白日晚，袅袅秋风生。
> 岁华尽摇落，芳意竟何成？

理想之舟突然搁浅，这对他的打击实在太大了。风华正茂的闿运深深感受到了强烈的失意之悲。这种无以言说的痛苦，使他回想起幼时见母亲养蚕时，白胖的蚕一个劲儿地贪婪啃啮桑叶的情景，他的心头此时也似有无数条蚕在毫不留情地啃食着他的雄心、他的希望。良禽择木而栖，自己何去何从？思虑良久，闿运想，处今日之势，静观其变也许是最好的选择。

过了几天，闿运突然听说有人对曾国藩进言，"闿运不想从军是因为效力军中生死难测，而他新婚燕尔，还没有子嗣，更何况上有高堂，不忍远离……"据说曾国藩听了这番话很不高兴，怀疑是闿运故意通过别人在他面前传播托辞。闿运风闻这些议论，不想去曾国藩面前辩白，也不想留恋徘徊在湘军左右，他决定暂时离开，乐得个逍遥自在。

离开湘军后，王闿运游江西、上湖北，一路游历考察。一路上，触目所见，遍遭兵燹，到处是"千里无鸡鸣，白骨遍于野"，闿运不禁心生惆怅。

1854 年 10 月，闿运客游到刚刚被清廷收复的武昌。恰好知交夏憩廷在那里主事，听说闿运来了，夏憩廷热情地邀请他一起商议军事。闿运应邀前去，两人细细商量后，认为湘勇连日作战，虽然取得了一些战果，可艰辛无比，如不适当休整，势必出现"强弩之末，势不能穿鲁缟"的情形；再者，太平军首脑石达开亲自率部抵抗，绝不可轻敌。石达开虽然年轻，但足智多谋，不如避过他的锋芒，暂时回屯武汉，待时机成熟后再进攻九江。计策拟定后，闿运仍然不能忘记曾国藩曾经的知遇之恩，执笔上书，陈清利弊。当时武昌已被湘军收复，塔齐布、罗泽南又率部收回半壁山、富池镇，彭玉麟率领的水师也在这一战役中智断江面铁锁，湘军大获全胜。处于胜利喜悦中的曾国藩认为乘胜追击，直捣金陵指日可待，闿运的条陈虽已到了手中，曾国藩却一句也看不进。在一片凯歌声中，靖港之辱已被他抛到爪哇国去了。这次的条陈被拒绝之后，王闿运连连顿足叹息："涤生马上又要招致失败了！"王闿运想立刻离开武昌，以免留在这里眼睁睁地看着湘勇陷入绝境。于是，王闿运又辗转回到湖南。不出他所料，不久，湘军水师被石达开打得落花流水。曾国藩懊丧之余，深深佩服王闿运的先见之明，不免后悔这次又没能采纳他的建议，以致再遭败绩。

1855 年（咸丰五年）春节刚过，闿运独坐书斋，思忖自己的出路。世道艰难，戎马仓皇，既然自己的主张总是不被赏识，老是这么奔波也于事无补，不如应了旧友邓氏兄弟的邀请去武冈坐馆执教，暂时栖身于乱世吧！

24 岁的王闿运带着壮志难酬的失意之悲，来到偏僻的山城武冈开始了教书生涯，他在这里整整执教三年。

在这期间，他每年回家一两次。这时，他已经是一儿一女的父亲了，家人因为战事纷乱迁回了湘潭的明冈桐树屋场。离开武冈，归家途中，纷扰时事又如石投水面，在他心头荡起阵阵涟漪。1856 年（咸丰六年）正月，回家途中所见生民涂炭的景象使王闿运忍不住提起笔来

写道:

愚闻局一隅者不可以究玄黄之宅，守目前者，不可与论古今
之变……

触景生情，王闿运向当政者提出了自己的救国方略，以救国于乱
世，救民于水火。可是，如同治军条陈一样，他理政的意见也被拒绝。
王闿运提出的"撤团防废捐输，清理田赋"以救民于水火的建议如石沉
大海，得不到回复。他时常思忖，心里一直沉甸甸的，难以平静，不免
以诗寄情:

出门徒伫立，望远欲悲歌。

落日客愁尽，清秋诗思多。

疏钟送归鸟，微雨遍残荷。

因问忘机者，闲居意若何。

一年一度的春风又将芳草吹绿，也许留在这远离尘嚣的僻地，相
伴春花秋月，是人生的最佳选择。这是王闿运在政界一陈己见又一次遭
到挫折后，回到武冈的深切感受。可是，事情的发展证明，闿运这种感
受并没有久驻心中。

到了 1858 年（咸丰八年），在这短短的三年时间内，外界战事风
云变幻。曾国藩在与太平军交战的过程中损兵折将、步履维艰。在与太
平军的对峙中，湘军屡战屡败，军纪松弛，声望每况愈下。清廷对湘军
的不信任感与日俱增，地方官对曾国藩的排挤打击也一日紧似一日，险
恶局势使得作风硬朗的曾国藩只得困守南昌，一筹莫展。

1857 年（咸丰七年），曾国藩的父亲去世。困境中的曾国藩如溺水

之人抓到了一根救命稻草，给皇上拟了个《回籍奔父丧折》，不待皇上批复，他就匆匆封印，领着两个弟弟马不停蹄地往湘乡荷叶塘奔丧。

湘军虽然连连受挫，毕竟有过不少战功，声威仍在。摇摇欲坠的清廷正是靠了这张王牌在支撑着将倾的大厦，因此，绝不会坐视湘军锐气不振，暂时也不会轻易就狡兔死、走狗烹。丁忧期间，曾国藩又上奏《沥陈办事艰难仍吁恳在籍守制折》，要求继续守制，在奏章中诉说目前情势系自己多年来带兵事权不集中所致。自己一个空衔侍郎，难以成事。言外之意则是，朝廷如果不委以实权就不准备再出山。然而，天京事变引发太平天国领导层内部矛盾斗争，使得太平军人心涣散，实力大大削弱。这时江南大营趁势攻击连连大捷，清廷又觉得元气大增，以为不必倚仗曾国藩也可收拾残局。在这样的情况下，曾国藩提出为父守制，即获准在籍守制。就这样曾国藩便在荷叶塘住了一年多，不料，形势逆转，石达开率部从江西入浙，江南大营又陷入困境，无人敢与他开战。这时，湖南巡抚骆秉章、湖北巡抚胡林翼上书请奏起用曾国藩。于是1858年（咸丰八年）6月，皇上急召曾国藩回京，并满足他在奏折中所提出的一些要求。于是，曾国藩奉旨从长沙启程支援浙江。

在这期间，王闿运于1857年（咸丰七年）考取了举人，也知道了曾国藩回荷叶塘奔丧的消息。去不去曾府祭吊曾老太爷呢？闿运心中一直拿不定主意。去，心底里实在不愿意，曾国藩对自己的军事条陈也没采纳多少，见面除了客套还能有什么呢？秉性清高的他素来不愿俯就豪门；不去，于礼于义都不合，毕竟曾被曾国藩当作"知己"，曾国藩也曾屈尊求教，也有过倾心的深谈，自己的政见虽然没被采纳，却也没有被直接驳回，更没有泄露出去，可见曾国藩对自己的一片"保全"之心。军事条陈虽然没被采纳，但一有机会，他还是愿意听取自己的意见，礼遇有加。经过反复思虑，闿运还是决定去吊唁。曾国藩虽不倚重自己，但毕竟做到了礼贤下士，于情于礼都应该给赋闲在家的他鼓鼓劲。

1857 年 3 月，闿运来到湘乡荷叶塘。群山掩映中的曾氏府第，宏伟壮观。一道白色粉墙，似母亲温柔的臂膀环抱着曾府的百十间房屋。一簇簇的迎春花在墙头怒放，绿浪中点缀的黄色小花在春风中摇曳，怒放的花朵给这座庄严肃穆的府第增添了无限生机。大门口悬挂的"进士第"匾额和门旁矗立的两个威武石狮，显示出主人尊贵的地位。

曾国藩在堂屋接待了这位忘年旧友。几年不见，闿运仍双目炯炯，似乎更为睿智练达，几年闲云野鹤式的生活又给他添上些许从容洒脱。相较之下，曾国藩却明显衰老了，已处于知天命之年的他有些面容憔悴，发须灰白，唯一没变的是他那仍似鹰隼般锐利的眼神。

"涤丈，别来无恙？鄙人地处偏远，消息闭塞，惊闻令尊仙逝，吊唁来迟，还请恕罪。"闿运真挚地问候。

"穷乡僻壤，难为你了。"曾国藩显得更老成持重。

是夜，闿运留宿曾府，久别重逢，俩人都觉得有无数的话想向对方诉说，一个连连受挫，面对上下疑忌，心中郁积了数不清的苦衷和委屈；一个乡居多年，素有报国大志，在乱世中过着近似隐士的生活，心中有说不清的愤懑。他们在曾国藩书斋里互倾心曲，直至东方发白。

第二天，曾国藩送走闿运时，已是满面春风，那簇已有些灰白的胡须不停地抖动，就像曾府粉墙上在春风中点头微笑的迎春花，曾府上上下下都分明地感受到：春天来了！

6 月，曾国藩奉召援浙，王闿运又亲赴长沙送行。在省城马不停蹄地忙于应付官场的曾国藩在百忙中与闿运相见，并深入地交换了对战事的看法。

曾国藩解缆北进的那天一大早，长沙官场大小官绅一齐到码头为他送行。曾国藩知道那全是官场的虚套、演戏，转过背来，便钩心斗角。他心里真有些恨恼，但仍然站在船头，笑容可掬地答谢送行的同僚，一面不住地挥手致意。蓦地，他看到了不远处柳荫里一个熟悉的身影正向这边注目，满含真情与希望，王闿运！看到他，涤生心里觉得格外亲切，刚才的阴郁一扫而光。

昨夜，他与闿运月中散步的情景又浮现心头。"涤丈，明天就是出征的日子，我不能到码头为您送别。无以为赠，吟诗一首以壮行色。"说罢，闿运朗声吟道：

昔年同击楫，今日悔藏弓。

裂地多分土，因人耻论功。

余生游羿彀，失路向蚕丛。

且借班超笔，题名章句中。

这位宦海沉浮的曾侍郎焉能不理解身旁这位青年复杂的心理，他无言地拍了拍王闿运的肩膀。

此刻，在这一片仿如六月蝉噪的客套逢迎中，曾国藩更加深切地感受到闿运的真挚。年轻人热切的双眼望着战船缓缓驶离码头，那威武的战船不仅满载着他的无限祝福，也载着他"长风破浪会有时，直挂云帆济沧海"的希望再一次扬帆远航。

曾国藩复出后赶至湖北黄州，与麾下各将领讨论后制订了以优势兵力攻取安庆的决策计划，期待此役可全歼太平军主力部队，尔后天京便会不攻自破。但是，这时的太平军经过内讧后，很快又恢复了战斗力，一批能征善战的青年将领如陈玉成、李秀成等脱颖而出，接连取得几次大胜，士气高涨，战局又朝着于太平军有利的方向发展。1858 年（咸丰八年）10 月，三河镇一役，湘军精锐部队骁勇骄悍的李续宾部被陈玉成率部全歼。李续宾战死，这无疑给曾国藩满腔的热情泼上了一盆凉水。

对于李续宾的战死，闿运总觉得有些内疚。早在这年 5 月，李续宾趁石达开入浙江，九江孤立无援的良机，全力攻打九江，一举成功，并以此功升为安徽巡抚。李续宾攻克九江后写信派专人去迎王闿运到军中主持文牍，参赞军事。旁观者清，当局者迷，作为局外人，闿运深知李续宾取得九江战役胜利的机缘。他暗忖：李续宾部屡胜，兵疲而骄，恐招败绩。虽高兴地答应了李续宾的邀请，闿运并未立即起程，一则他虑于以上的原因，以为谨慎地作壁上观或许更妥当；二则他在回信中提醒李续宾："公行军久疲，屡胜兵骄，克城留军不足以为声援，不留军则后路空虚且虞，阻塞取败之道也。"提出了休整的建议，这也是闿运的投石问路。如果李续宾采纳了自己的意见，再去不迟。如果不能采纳己见，自己又何必作无谓的牺牲！结果李续宾急躁冒进招致全军覆没。闿运既为李续宾没采纳自己的主张遗憾，也为李的轻敌送命惋惜。

王闿运当然知道这一系列的挫折对于重出江湖的湘勇统帅曾国藩意味着什么。武冈的桃源生活虽使他留恋，但与曾国藩的两次会晤，李续宾的相邀，使他每日为时局忧心，他决定亲至军中，再度为曾国藩鼓气。他与邓辅纶取道长沙一同到南昌，然后赶到曾国藩的大本营——江西建昌。

曾国藩的大营扎在建昌南城外，他和随从人员李元度、许振祎及李鸿章等住在凤岗书院。当王闿运、邓辅纶匆匆赶到军营中时，曾国藩仍然未从湘军的重创中回过神来。兵败以来的多少个不眠之夜，他都爱静坐出神，有时是伴着昏暗的烛光，有时是在无边的黑暗里。三河镇惨败，不但经营皖中、乘势攻打江宁的战略成泡影，痛失良将爱弟的沉重打击更使他痛不欲生。他多么想就这么沉浸在这沉沉的暗夜里，不再思考。

"大人，王纫秋求见。"亲兵的来报打断了他的思绪。"真是天助我也！他来得正是时候。至少可以向他一吐心曲。"曾国藩心想。

风尘仆仆的王闿运走了进来，眼前的涤丈眼中布满血丝，面容憔悴，与长沙送别时的满面春风、意气昂扬判若两人，闿运不由心中一热，走上前去。

"涤丈——"

曾国藩也趿趿着上前，紧紧握住闿运的手，仿佛要从这位真诚的年轻人手中攫出无穷的力量来。

闿运这次在建昌待了三天才告辞，而曾国藩书房中的灯每晚都亮到三更以后。临走前的那天晚上，闿运想着这位似被狂风吹歪了的"劲竹"又日渐挺直腰身，豪兴顿发，他一把抓起书桌上的笔，饱满地蘸上墨汁，笔走龙蛇：

> 南城桥外屯千幕，夜月微黄沙漠漠。
>
> 从来征戍有边愁，不待穹庐北风恶。
>
> 书生叩阙请从军，早被疆臣妒策勋。
>
> 马谡自缘轻进败，李严仍道转粮勤。
>
> 崎岖五载成何事，拜疏还山甘退避。
>
> 踊金宁免世嘲讥，割铅还与人驱使。
>
> 踪迹从来似转蓬，不教西去遣来东。
>
> 冗军坐甲量沙易，虎帐论文列坐同。
>
> 何王二守工文翰，宾僚李许才名擅。
>
> 各出偏师挑大敌，好筑长城防野战。
>
> 麻姑山翠映辕门，列戟清香扑酒尊。
>
> 灯影依稀似茅屋，羽书过后即桃源。
>
> 共识仙郎心寂寞，胡床坐啸羌戎却。
>
> 休言失水困长鲸，独向寥天看黄鹤。
>
> 起兵主簿见艰难，暂到边州话岁寒。
>
> 未得短衣随李广，且共围棋诣谢安。

诗成后，闿运细细吟咏，十分满意。诗中既颂扬了曾帅的赫赫功勋，又道出了仕途多艰、战局藏险的现实与前景，但"长鲸"不会久困，"黄鹤"已在望眼之中，胜券必操。同时，诗中也将自己的平生抱负与心中委屈一同倾出。他表示今日虽不能随"李广"出征，却可待胜利回师之日与君共弈，如当年谢安淝水故事。灼见与友情、豪气与儒雅洋溢在诗中。诗呈曾国藩后，曾唏嘘嗟叹，为之动容。

次日，王闿运辞别曾国藩，乘舟西去。从江西到达浙江，在杭州过年。游西湖后，他到了苏州、扬州，经过淮安，然后乘车入京师。在友人的极力鼓励下参加会试，不中，寓居法源寺。

这时，闿运的挚友龙汝霖、李寿蓉等都在北京，龙在当时朝中重臣户部尚书肃顺家当家庭教师，李任户部主事。郭嵩焘、高心夔、李眉生、邓辅纶也都云集于京。一时之间群贤毕集，几位知交好友常常在王闿运寓居的法源寺聚会。王闿运与龙汝霖来往尤其密切，并通过他结识了肃顺。闿运被热衷延纳良才又久闻其大名的肃顺所赏识，又有了一次理政的良机。

王闿运凭借与肃顺的亲密关系，与郭嵩焘、龙汝霖等多次在肃顺面前揄扬曾国藩，肃顺本来就很佩服曾国藩。咸丰帝对当时太平军又呈星火燎原之势恐慌不已，迫于情势也只得借助曾国藩平乱。1860 年（咸丰十年）4 月，终于颁布了曾国藩署理两江总督的诏令。

一纸上谕使曾国藩名正言顺地总揽军政大权，尽管局势仍危机四伏，但总算如愿以偿了。这时的曾国藩踌躇满志，王闿运也从曾国藩的任命里看到了曙光：命运之神这次真的垂青于自己，一生中最好的机会终于来到，该是他施展帝王之学最适当的时候了。时机稍纵即逝，已近而立之年的他在人生经历中，已深深感受到这一点，事不宜迟，冒着炎炎酷暑，王闿运赶往曾国藩驻扎的祁门。

王闿运一面赶路，一面检讨自己这次南下的举动。也许所谓机会仿如天边的彩虹，可望不可即，自己是不是傻得有点像逐日的夸父？想到这些，他有些犹豫。可内心里，他又觉得这是他一生中难得的机缘，若失去这次机会，将终生追悔莫及。闿运坐在轿子里听着六月的蝉鸣，觉得它们是在齐声催促他，他也在心里很快意地应和着这些善解人意的蝉儿。"知了！知了！"以前自己也像蝉一样只是唱着"垂緌饮清露，流响出疏桐，居高声自远，非是藉秋风"，现在有了"好风凭借力，送我上青云"的时机了。在美妙的遐思中，闿运惬意地闭上双眼，在轿子有节奏的吱呀声和轿夫们稳健的步伐里慢慢进入了梦乡，梦里的他正走向一条金光大道。

闿运到达祁门时，已近黄昏，万峰重叠、山势险峻，夏日的晚霞给山峦镀上一层金边。曾国藩的驻扎，使原本人烟稀少、荒凉贫瘠的祁门县城变得人嚷马嘶，充满紧张的备战气氛。

曾国藩与王闿运已有近两年没见面了，两人都已今非昔比。曾国藩被皇帝新授两江总督，意气昂扬。王闿运虽然会试没中，却已是名重京华的"衣貂举人"。

"衣貂举人"的誉称背后有着一段不同寻常的小插曲。据说有一次肃顺给咸丰帝上奏章，咸丰帝看后深为嘉许，问奏章是谁写的，肃顺告知是家中西席湖南举人。咸丰帝探问此人才何以不出仕，肃顺答曰："此人非貂不仕。"咸丰帝很爽快地回："可以衣貂。"按照朝廷规定，二品以上的官员和翰林才可以穿貂皮衣，闿运却以未仕举人的身份被特许衣貂。

见到曾国藩后，王闿运干练爽直，一如往昔："湘勇攻克安庆，涤丈荣升，闿运特来恭贺。涤丈渡江即日便是为了固吴会之人心，安庆距江宁、苏州均近于祁门，而祁门的地理位置……"闿运的贺喜只是无足轻重的引子，目的在于劝说曾国藩移师东进。

"老夫的门生少葵也提出过这样的建议，但无奈我早已禀明圣上，朝令夕改恐怕动摇军心……"曾国藩这不冷不热的话令王闿运心里若有所失，不过他想，无论如何此行必须有个结果，不管是喜是悲。他遵嘱先去军中客舍"歇息"。

这次在祁门曾军中一歇就是将近三个月。为了心中既定的目标，王闿运瞅准一切机会与曾国藩接近。这段时间，他们进行了多次交谈，有时从傍晚谈至深夜，有时甚至通宵达旦。而曾国藩每每与闿运交谈后，竟至辗转反侧，夜不成寐。两人的交谈在曾国藩心中不亚于洪钟巨响。

王闿运这次并没能跻身可以深深影响这位曾总督幕僚的行列，除了曾国藩自身颇多疑虑之外，闿运与曾国藩这种异乎寻常的关系也引起了曾国荃及驻守徽州的李元度的猜疑与嫉恨。他们向曾国藩进言：文人空谈，毫无实用。显然，曾国藩被这些人的意见左右。而王闿运，从一开始就太一厢情愿了，对于官场的风云诡谲也似乎了解得太少。这一次的碰壁，使得王闿运看透世事，彻底改变了自己的生活道路。

王闿运的弟子、杨度同胞杨仲子所著的《草堂之灵》记载了这段经历：

湘绮云，尝与曾文正论事，其时曾坐案前，耳听王言，手执笔写。曾因事出室，湘绮起视所写为何，则满案皆"谬"字。曾复入，湘绮论事如故，然已知曾不能用，无复入世心矣。

曾国藩讥评王闿运所论为"谬"，大概就是湖南民间流传甚广的闿运劝曾国藩称帝的事情。以曾国藩谨小慎微和王闿运的避祸心理，两人自然不会留下有关这件事的任何证据。但凭两人闪闪烁烁的言谈，曾国藩所体现出的态度，以及王闿运当时对整个时局的了解，他向曾国藩提出雄踞湘鄂，与太平军、清政府三足鼎立，然后伺机而动，问鼎中原的计策也是有可能的。

在万木萧条的秋天，阎运登上祁门的最高峰——历山，望着满山黄叶，情不自禁地吟诵起宋玉的悲秋名句："悲哉，秋之为气也，萧瑟兮草木摇落而变衰，憭栗兮若在远行，登山临水兮送将归。"阎运到祁门时，正是盛夏，新雨刚过，树木青翠，空气里洋溢着沁人心脾的草木清香。而今叶落草枯，阎运满腔的希望也如这秋风中凋零的树叶，带着无限眷恋，无声无息地消失在大地母亲的怀抱。萧瑟的秋景、失路的悲切，撞击着阎运的心田。

是该离去了！阎运告别了祁门，踏上归途。他的《发祁门杂诗二十二首，寄曾总督国藩，兼呈同行诸君子》淋漓尽致地抒发了其感慨千载良机顿失、纵横志难成的悲慨之情，兹录三首：

> 已作三年客，愁登万里台。
>
> 异乡惊落叶，斜日过空槐。
>
> 雾湿旌旗敛，烟昏鼓吹开。
>
> 独惭携短剑，真为看山来。

> 旧部多专阃，新除始建旗。
>
> 只惭臣力尽，敢恨主恩迟。
>
> 白发人将老，青云骥不疑。
>
> 平生推奖分，寂寞报深知。

> 拙速原非计，全兵寇亦能。
>
> 不成援北固，终拟弃南陵。
>
> 病马三秋雨，啼鸟永夜灯。
>
> 贤豪尽无命，天意恐难凭。

王闿运一生豁达，对于科举仕途之成败视若等闲，他的诗集中没有感叹落第的诗章。他认为天生我材必有用，对实现纵横之术孜孜以求，这组诗却表现了他强烈的英雄失路之悲。

1860 年（咸丰十年）10 月，王闿运回到湘潭，为病中的母亲侍汤奉药。11 月，母亲病逝，王闿运悲痛万分，深悔自己客游日久，没能更多地陪侍母亲。一方面他所追求的理想已如海市蜃楼，另一方面"子欲养而亲不待"更使他觉得一切如露亦如电，似梦幻泡影。闿运唯有伏地大哭，恸哭母亲的逝去，更痛哭自己这么多年的苦心盼望，理想之舟在现实的航程里无处容身，撞成齑粉。

母亲逝世后，王闿运静心在家中守孝，专心攻读诗书，有时也探亲访友。1862 年，他去武昌，在湖北布政使唐训方处住了几个月。1863 年年底，他南下广州，当时郭嵩焘署理广东巡抚，留在那儿校阅粤雅堂讲席陈兰甫家的藏书。

就在王闿运悠游岁月、读书访友之际，时局发生了重大变化。

1861 年（咸丰十一年）8 月，咸丰帝死于承德避暑山庄，年仅六岁的载淳继位。11 月慈禧发动宫廷政变，东西两宫太后垂帘听政，改年号为同治。

1864 年（同治三年），太平天国的天京被湘军攻破，曾国藩因功被授为太子太保，赐封一等侯爵，官高爵重，位极人臣。手握重兵的曾国藩为了消除朝廷的猜忌，大量裁撤湘军，授意曾国荃回原籍休养。这年 10 月王闿运到南京，与曾国藩又见了面，过去的一切已如滚滚长江东逝水。一个是朝廷重臣，一个是漂泊文人，唯相对无言。

这年冬天，从江苏途经安徽去保定，闿运来到了齐河边。正是隆冬时节，黄河渡口已经冰封，"欲渡黄河冰塞川"，王闿运委身茅舍，慨叹身世，悲从中来，觉得昨梦前尘，就如破晓前一场短暂的春梦，不堪重拾。于是他作了《思归引序》以寄情：

同治三年冬，余从淮沂将游于燕赵，过桃源之镇，重访石崇旧河。朔风飞雪……

……

昔人有言：贫贱常思富贵。尚子又云：贵不如贱，富不如贫。若以物论之，齐化成亏之心犹为蔽也。凡名皆假设，实亦终化。倘非善安其生，则出处之道殊矣。归欤！归欤！将居于山水之间，理未达之业，出则以林树风月为事，入则有文史之娱。夫读妇织，以率诸子，何必金谷为别业而后肥遁哉！既息骖于清苑，闲居无营，因作一篇以明所怀。悼石生之空言，故仍题曰《思归引》云尔。

此时的王闿运已萌生退隐之意，他要学习古代的隐士，过不问世事的田园生活。

从同治三年起，闿运"暂隐衡山十二年"。直到1878年（光绪四年），年过不惑的王闿运才又应四川总督丁宝桢的邀请，出任成都尊经书院的院长。闿运心中那根理想的弦又被这位位高德厚的好友拨动了。

二、将回已灰心，吁谟待君验

王闿运于同治三年开始隐居衡山，过着夫读妇织、教授生徒的田园生活，但这时的他也并不是完全"两耳不闻窗外事"。

1870年（同治九年），发生了天津教案事件：6月，一个名叫武兰珍的拐卖儿童的罪犯被天津官府抓获后宣称，作案使用的迷拐药是天津法国天主教仁慈堂给的。当时，社会上广泛流传着洋教堂拐买儿童以及用儿童心肝配制长生药的传言。武兰珍案件发生后，天津民众群情激昂，乡绅在孔庙集会，书院停课声讨，到仁慈堂外声讨的天津市民达万人之多。在这种情况下，参加案件调查的法国领事丰大业又首先开枪击伤清朝官员，民众愤怒情绪一发不可收拾，当场殴毙丰大业和他的随从。

此后，民众又自发集聚，杀死法国神父、修女、洋商等共计20人，以及中国雇员数十人，并焚烧法国教堂、育婴堂、领事署及好几所英美教堂。

当时的直隶总督曾国藩奉命调查此案。调查结果表明，仁慈堂内男女幼童150多人，据说都是由家属送到教堂来养育的，查不出拐骗的证据。当时天津城内外，没有儿童遗失的报案。社会上有关仁慈堂"拐买儿童，剖心挖眼"的说法，也没有实据。

在英法等西方列强的联合强烈抗议下，清廷议定赔偿死者家属抚恤金白银49万两，清政府向法国致歉。此案中，一些地方官员因为处置不当受到了流放处分，数十个参与此案的天津民众被处死、杖罚、流放。

王闿运对于曾国藩外强中干的处理方式极为不满，在《湘绮府君年谱》里收录了王闿运对清廷处理方式的看法：

前十余年，天津民拒洪寇，人人叹其义勇。今天津民毁教堂、杀领事。官民岂能为此亡命掠夺之徒耳？朝廷失其平，则小人思动，假义而起，终激祸患。此事如阳罪民而阴纵之，民既笑其懦又轻我政，甚不可也。若大申夷而屈民，天下解体，又不可也。朝廷有失政，为民所挟持，大臣士人当疏通而掩覆之，固不可抑民气，尤不可长民嚣。

这是闿运写给曾国藩的信，对天津教案事件的评价，他不长洋人志气、灭自己威风的主张，难能可贵。

天津教案的处理以清政府的妥协退让告终。作为关心国家命运的有识之士，处于清政府积贫积弱的时期，闿运的清议结果也只能是石沉大海。

随后，1871 年（同治十年），王闿运感慨天津教案办理失策，作了《陈夷务疏》，措辞激越地指责了清政府置民之安危于不顾，任洋人宰割。他对曾国藩进行了抨击："臣观大学士曾国藩覆奏天津一事，言妖教之行善，愚民之易动，含吐其词，揣度其平，臣又以为不必也。"王闿运道出了当时列强凌辱下的清政府只能委曲求全的境地，不只是表达了个人的悲哀，更表达出了整个国家民族之悲。

尽管王闿运一心一意要将自己锁在衡阳石门山居，愿像战国时鲁仲连一样弃世绝俗，高蹈不顾侪辈。可是作为一个"胸有'万壑'平戎策"的士子，他仍为纷扰时事所激，虽处江湖之远，仍难以自抑忧天下之心。

1876 年（光绪二年）3 月，刘荫渠由广西巡抚授云贵总督，赴任途中，舟过长沙，他特地拜访王闿运。刘荫渠就比较棘手的云南问题与当时正在长沙传忠书局抄《春秋》条例、校《公羊》释文的王闿运进行讨论。

当时，缅甸已与英国修好，英法两国窥视蒙、滇已久，时不时找清政府的碴儿。面对这种复杂的国际局势，当时的云南巡抚岑毓英也来求教于他。对此，王闿运认为：

今之伟人，未尽如意。此有二故：一则富贵之见未化；一则世俗之见未除……今日滇督不能避难则当疾以赴之。一以收部内之心，一以慰朝廷之望，且使西人传告惊其神速。

在对待外国人的态度上，王闿运一贯坚持正面出击，认为外国人并不可怕，这是他一贯的观点。如后来在中日甲午战争中，李鸿章望风而逃，不战而败，王闿运就写信指责李鸿章的失职，认为李鸿章既为统帅，就应率部给敌以迎头痛击：

> 凡战不胜，由无主帅。其车三千，必曰："方叔莅止"，知兵食不足恃也。公当率两洋木船，登舻誓师，克日渡海，蹈隙而进，横波直冲，糜碎为期。展轮之日，日本必求服矣……

敌强我弱，期望速胜，是王闿运作为书生的幼稚之处，但他信中所体现出来的民族气节、遇强敌不惧的精神难能可贵。倘若李鸿章真的尽了主帅之职，英勇顽强地抗敌，虽说胜负在不可知之数，但至少不会一败涂地。正如王闿运在信中所斥问李鸿章那样："……载在史册，误国之罪，谁执其咎？"

岑毓英听到了王闿运的这些言论，大为折服。王闿运也允诺，以后一定到云南助他一臂之力，岑毓英十分高兴。

也许对于已过不惑之年的闿运而言，"老冉冉其将至兮，恐修名之不立"，一味矻矻耕读于国于世无补，既然不能辅贤君圣主，成一代伟业，若能造福一方黎民也善莫大焉。

1778年（光绪四年），王闿运47岁。四川总督丁宝桢邀请他主讲成都尊经书院。丁宝桢唯恐王闿运不答应，特请他的老友谭文卿劝驾。王闿运当时正忙着写《湘军志》，不能立即启程，答应写完《湘军志》就一定去四川。丁宝桢邀请闿运去四川是因为：

> 凡国无教则不立。蜀中之教，始于文翁遣诸生诣京师，意在进取。故蜀人多务于名。遂有题桥之陋。今欲救其弊，必先务于实，以府君生当中兴，与曾、胡诸公游而能不事进取，一意著述，足挽务名之

弊。故以立教殷殷相托焉。

丁宝桢邀闿运赴蜀任教席，当然是有这些堂皇的理由。作为多年的相知好友，王闿运与丁宝桢惺惺相惜。王闿运曾在给丁宝桢的信中说："公与闿运皆一时不可多得之人才。"闿运自命不凡，但此语绝非虚夸，确是自知并且知人的由衷之言。

丁宝桢，字稚璜，贵州平远人，咸丰三年进士，参与镇压平远、独山等地的教民和苗民起义，进攻白莲教起义军宋景诗部和捻军，累升至山东巡抚。1869 年，在山东任内诛杀了违制出京的慈禧太后宠信的太监安德海，名闻宇内。1876 年任四川总督。他为官清廉，既有才干，又有魄力。在山东时，面对日本的挑衅，加强海防，严阵以待，还创办了山东机器局。到四川任上后，他立即严劾贪吏，澄肃官场。他请王闿运到四川，除了有着重振人文的目的之外，作为深知王闿运才能的至交，更有招揽贤才的深意在内。

王闿运自诩有经世致用之才，却不被用。他的一生最深切的感叹莫过于"千里马常有，而伯乐不常有"。这次，他终于得偿所愿，虽只是执掌教席，却也可以一展自己的才华。

光绪五年正月初四，刚下过一场小雪，天阴沉沉的，王闿运与三五好友在家闲聊。下午，丁宝桢遣人请他们赴宴。大家踩着琼花碎玉，走向丁府。

本来丁宝桢有言在先，席间不议政事。但酒酣耳热之际，闿运不由对当世几位明公的求才用贤计划提出了自己的看法。他慷慨陈词，借着酒意将满腹牢骚倾诉出来：

曾文正能收人才而不用人才。左季高能访人才而不容人才。稚、荫二君乃能知能求，而不能任。凡此皆今世所谓贤豪，乃无一得人才之用者，天下事有望耶？曾、胡往，而刘、丁兴，他日或有风流，留天下一线之路，若刘表之在荆州，亦未为无功耳。

　　王闿运来四川的初衷无非"故再言讲席，亦不复辞，聊以一岁，答其雅意而已"！在内心深处，王闿运对丁宝桢怀有殷殷企盼，来四川已有些时日，自己真正引以为荣的才华得不到施展，尽管丁宝桢比王闿运大 13 岁，但作为知心友人，王闿运还是巧妙地借题发挥，表达出渴望一展雄才的心情。

　　在四川的日子里，除了教授生徒、精研学术、写史志、交游之外，王闿运与丁宝桢来往密切。1881 年，王闿运的二儿子不幸病逝异乡。王闿运随其灵柩返湘，丁宝桢来信与他商讨政事，请他代拟疏稿，定下"经营西藏，通印度，取缅甸，以遏英、俄、法之窥伺。且自请出使以觇夷情"的计划。

　　这是面对列强鲸吞蚕食中国的野心，王闿运、丁宝桢审时度势，经过无数不眠之夜共同商定出来的策略。王闿运曾与丁宝桢分析："印度是英国的宿敌，现在屈从，实为迫不得已。现在我们应趁着闲暇，先经营管理好西藏，做好印度的后援。"丁宝桢完全赞同这个计划。

　　丁宝桢在四川任上整顿吏治、建机器局、修都江堰、改盐法，使四川库存的白银达四五百万两。这一切无不为推行他俩共同拟定的经营西藏，联合印度、缅甸等被凌辱的国家抗击英帝国主义的侵略——先治内然后联合攘外的宏图打下了良好基础。

　　可惜的是，"出师未捷身先死，长使英雄泪满襟"，这一计划还未得到实施，1886 年，66 岁的丁宝桢病逝在任上。他和王闿运共同拟定的这一蓝图也就无疾而终了。此后，不到 3 年，安南被法国灭亡，缅甸成了英国的殖民地，中国陷入帝国主义列强虎视眈眈的包围之中。

　　王闿运是在带领家人护送爱妾莫六云的灵柩回湘后，知晓丁宝桢去世的消息的。爱妾的死已使他悲戚万分，而友人兼同道丁宝桢的辞世更使他五内俱焚。

四月的江南草长莺飞，望着江畔堤旁含愁似悴的萋萋芳草，王闿运忆起了他与丁宝桢无拘无束、促膝谈心的秋夜。他感慨万端，人生有限，造物主竟是这样无情！

王闿运此时已过知天命之年，对"帝王之学"已不再孜孜以求，这从他晚年对待袁世凯称帝这件事的态度上也可见一斑。

1915 年年底，袁世凯称帝。此前筹安会劝进，杨度等写信给老人，请求他以一己之名望地位，在湘领衔"劝进"，老人以决绝的态度回信说："……总统系民立仆，岂可使仆为帝也！"一针见血，对帝制拥护者真是当头棒喝！

后来，袁世凯称帝失败，草草收场。老人得意门生杨度、夏寿田等 14 名湘绮入门弟子被视为帝制余孽，被国会通缉。老人正患病，为之叹息曰："余讲学半生，弟子三千，众多明哲，惜哉贤者二七。"他最后就是带着这样的半是总结、半是遗憾的情绪离开人世的。

第三章 直笔书汗青，鱼龙喷沫鬼神惊

王闿运一生抱负远大，然而青壮年时代的军旅生涯和政治遭遇都让他觉得才华无法施展，有志不能伸，只有在学术领域他的才能得以充分展示。他深厚的学养和独特的历史眼光，使他在学术领域取得了令人瞩目的成就。

一、敛雄才于方纪，纳万变于小篇

绝意仕途以后，王闿运在 1865 年，心绪平静地回到了故乡湖南。对于仕途，经历了风风雨雨的王闿运已是波澜不惊。生活的窘迫使他不得不仔细考虑自己的出路，怎样才能无负于年幼的儿女和终年辛劳的妻妾。在湘潭明冈桐树屋典居的张姓住宅，已经被主人赎回。王闿运几乎到了漂泊无依、栖身无处的境地，这使得一向淡泊功名、逍遥自在的闿运不免有栖栖惶惶的感觉。

正在这时，久闻王闿运大名的衡阳乡绅常预愿，主动提出将自己在西乡的墓庐借给王闿运住。常预愿家境富有，是湖北巡抚常大淳的儿子。1853 年，常大淳在武昌被太平军攻破城池自缢而死。常预愿不在乎这几间乡间小屋，对于王闿运来说却如行走在沙漠中的旅人遇到了甘霖，王闿运毫不犹豫地接受了常预愿雪中送炭之恩。

王闿运带着一家老小，住进了环境幽静、背山面水，坐落在南岳之麓，名叫石门的乡宅。"好！好极了！这地方既可'避诸侯于乱世'，又可以聊逍遥以读书。"从此，闿运每天的生活就是寄情山水、课子读书。

宁静的山居生活，恬然的夫读妇织，虽是桃源乐事，却难以维持日常生计，作为手无缚鸡之力的书生，王闿运唯一能做的就是以笔耕为生。1867 年 3 月，王闿运欣然接受陈士杰的邀请，承担修纂《桂阳州志》的任务。这对已届中年的他，既是一种吸引，也是一种挑战，毕竟这是一个全新的领域。

地方志是中国史学领域一个独特门类，也是地理学一个有价值的分支，它的修撰在中国历史上源远流长，数千年来长盛不衰。特别是到了清代，方志学摆脱了历史和地理的从属地位，成为一门独立学科。

清代方志的编纂曾出现了两个比较明显的派别。一派是以戴震为代表，偏重于地理沿革，认为"志以考地理"，这一派因倾心于地理变迁而且偏废了人文历史，所以路子越走越窄。一派则以章学诚为代表，与之相反，偏重于史实的考证，认为"志乃史体"，"志乘为一县之书，即一国之史也"。其实，这两派都失之偏颇，综合观之，方志应该将人文历史、地理沿革两者都涵括起来，不偏废任何一面，才能编撰出客观全面反映一地一域社会历史发展的方志。

邀请王闿运修撰方志的陈士杰，字隽丞，湖南桂阳人。曾经就读于岳麓书院，当过七品小官。曾国藩在衡阳练兵时，请他当参谋。乱世出英豪，他凭着自己的才能和曾国藩的赏识，官至侍郎，然后急流勇退，不再做官而隐居家中，立志修撰《桂阳州志》。

陈士杰和王闿运是朋友。陈士杰先是久闻王闿运大名，后来又在曾国藩门下，与他有过密切的交往，他尤其钦佩王闿运的才华学识，认为修志人选非王莫属。他热情邀请王闿运到桂阳，一起商议修志事宜。王闿运这时在家赋闲了一阵子，生计日见艰难，也想谋个差事，缓解窘境。修志是他从来没有涉足的领域，然而凭他的学养却也是一件能一显身手的雅事，何况报酬丰厚，又是老友邀约，王闿运爽快答应了。

4月，王闿运带着家眷来到桂阳。桂阳隶属衡州府，曾经单独辟为州，下辖三个县。桂阳实际上是湘南一个重镇，这里自汉代起就设置了军事机构，是自古以来的军事要地，三国时这里就有过许多激烈的战事，《三国演义》里还写到过这个地方。桂阳历史悠久，人物众多，要修撰这样一部方志并不是一件容易的事。

1868年8月，只用了一年多的时间《桂阳州志》就修撰完成，包括四县的志书大功告成。这当然如王闿运后来回想起这件事所说"回思桂州编书时，众力合擎，诚一时之盛"，是群策群力的结果，但最关键的还是王闿运为此付出了大量精力。他做了不少开创性的工作，不仅使志书提前完成，而且兼具特色与创新性，价值极高。《桂阳州志》的编撰成功，标志着王闿运已是杰出的方志学家、历史学家和地理学家了。写志之前，他就翻阅了大量明清的著名方志，夜以继日手不停批。抵达桂阳后，他马不停蹄地展开各项工作，如考察地理、征集掌故，几乎做到了事必躬亲。为了详细掌握资料，有时王闿运还带着随从，亲自到地方宿老那里去了解情况。一年多的时间里，他每日忙碌，如他自己所言，"有似簿书之劳形"。

经王闿运大手笔修纂的《桂阳州志》共27卷，17篇，43万余字，包括：疆域、事纪、赋役、工志、州官表（传）、官师传、学校、礼志、军官表（传）、人物表（传）、货殖、水道、志、图、天文、洞徭、艺文、叙志、匡谬、小说等内容。

从形式上看，《桂阳州志》与别的县州志书差别不大，然而它的内容却独具特色。以往写志者在"疆域"项下确定州、县地理位置时，一般都沿用"星野"之说。这种确立方位的方法从《汉书·地理志》"保章氏掌天文，以星土辨九州之地，所封封域皆有分星""秦地，于天宫东州，舆鬼之分野"就开始了，这种"分星"以定地理方位之法显然已太陈旧，定位不准。王闿运决定废弃传统方法，改用当时的先进地学、数学知识以定地界，采用经纬度新法绘制地图，并且开方计里。也许，地图的运用是受了在湘军活动期间的军事经验的启发。王闿运采用的这种全新的记述地理位置的方法在当时确是难能可贵的创举。

尤为可贵的是，种种坎坷并没有使闿运改掉以前秉笔直书的史家个性，在《桂阳州志》有的门类中，他仍然应用班马笔法，字里行间流露出对百姓的同情，对贪官污吏的愤恨。他高度重视"事纪"，事纪指的是有关本地区的大事记。把千百年来所发生的重大事件，汇集一起，载入志书，鉴往知来，意义重大。在《事纪》中他记载着：

道光二十二年二月，知州恒丰自经死。恒丰以笔贴式历曹郎，补桂阳知州。朴谨无他能，到官不携妻子，为政亦廉饬。适上官委员督征粮急，又有要囚提讯，委员二人同日至，以恒丰懦，鱼肉之。娄索百端，贫不能办，遂谩骂极口；进食则推几案，倾弃酒食。恒丰夜步出署，遇大雨狼狈，还。愤屈无可为计，遂自经死。城中民闻知，汹汹不平，欲执委员，委员遁去。院司讳其事，以病故闻。

官场何等腐败，民怨何等鼎沸！在王闿运笔下，这一切历历如在目前。

在《货殖》叙述中，他从司马迁"用贫求富，农不如工，工不如商"的观点出发，论述桂阳的实际情况，揭露地方官的盘剥压榨：

> 谈者曰：何以课劝？为敲扑而科赢；何以兴利？为咄嗟而待征。虽曰言利，利安从出！民困而国弱，则曰地瘠势使然耳。呜乎！下无可取办，官亦自困。两者俱穷之势也。州境虽褊小，地方数百里，户口百余万，自汉以来，金官之利为最大著……且州居山谷间，民以倚山为粮，不待稻谷，民食固不乏矣……

对这样的盘剥，闿运最后感叹："善言利者，生财；其次节财；其次均财，敛财最下矣！"这哪是在写志，简直就是对时政的针砭，对群贪的控诉，对统治者的建言！

闿运还另辟蹊径，在《桂阳州志》中设立"洞徭志"一项。这与桂阳处于湘南崇山峻岭间，汉徭杂居，时常发生民族矛盾有关。王闿运对于《徭变》的翔实记载，记载徭民因"官逼民反，民不得不反"的处境，与一般正史所持观点完全不同：

> 道光中赵金龙叛，皆非州境徭也。凡外徭变故，不与州事，志不得而纪。然金龙叛时，耳目近见，与外所传颇殊异。今论其本，为驭徭一策焉。赵金龙者，江华徭也。故为巫家，饶于资。徭中巫最贵重，群徭信服……道光中，徭人入江华市易银，贾人夹锡与之，觉而往请更之，反怒骂击。徭人归集十余人复往，贾讼县官，称徭劫掠，尽捕下狱。于是，徭众怒，起杀奸贾，推金龙为首。桂阳、新田徭之有徒党千数百人。州县遽以"徭变"闻。天下承平久，大吏不知政体，见"徭变"，以为此大敌，可邀奇功。提督海凌阿、副将马韬，率兵二千讨金

龙。长驱入其境，兵不持戈矛，捆载以行……故具列徭本不叛之意，及宋元所以致寇，由苛敛亵国威，非徭生祸也。道光中平徭，外传将帅功烈，详矣，非州人所得知也。

"自古言'蛮患'，皆失其本，喜事要功，败则后悔！"这种以客观、公正立场描写所谓"徭蛮"的直书，不仅在一般的正史上没有记载，就是在自立门户的方志著作中，也绝无仅有。《桂阳州志》刊印后，引起社会公众的强烈反响也就理所当然。

王闿运修《桂阳州志》时才 36 岁，刚过而立之年就取得了这样引人瞩目的成就，这虽与他本人深厚的才学修养有关，但更重要的还在于他一心修志、事必躬亲，有着强烈的社会责任感和历史责任感。这种责任感始终不渝。王闿运 68 岁时，偶然看到《晋书》，发现桂阳曾属江西，而他在志书中没将这点写入，心中觉得不安，这时距《桂阳州志》成书已有三十多年。从几十年后的这件小事中可以看出他治史撰志的严谨。

修完《桂阳州志》，王闿运在 1868 年底回到衡阳石门山居。1870 年正月，王闿运听说彭玉麟已经解甲归田，便亲自前往衡阳渣江何隆老屋看望老友。在湘军统帅中，闿运与彭感情最好，彭玉麟在生活上、作风上也与他最为接近，他们后来还成了儿女亲家。

王闿运来到彭玉麟家，看到老朋友住的还是以前的老房子，屋内陈设还是那么俭朴。两人性情相投，是他们能成为好友的主要原因，然而王闿运最敬佩的还是彭玉麟嫉恶如仇的性格。

彭玉麟，字雪琴，衡阳人。幼年时远离故乡跟随父亲在安徽南部居住。17 岁时随双亲回到湖南。不久，彭玉麟的父亲病逝。因为家境贫寒，一家之主又英年早逝，他常受到族人欺侮。后来苦读入学，在外谋生。道光末年彭玉麟因参与镇压新宁李元发起义有功，被提升为训

彭玉麟　像

导，他坚决推辞。曾国藩在衡阳训练湘军时，彭玉麟与褚汝航、杨载福等人专门训练水师。后来他跟随曾国藩讨伐太平军，征战有功，成为湘军一员名将。晚年，他在中法战争中力主抗击法国侵略者，功不可没。后来，他见宦海难测，弃官回湖南。回乡后每日吟诗作画，访友问学，在地方上也做了办学、修志等不少善事。直到1890年去世，彭玉麟始终过着简朴的生活。

　　彭玉麟相貌清癯，说话声音细微，外表全然不像叱咤风云的大将。当他发怒时，却让人不寒而栗。有一次，彭玉麟巡阅长江水师到了安徽。安徽是晚清重臣李鸿章的老家，李鸿章一家在合肥的势力很大。李有个侄儿一向在当地横行霸道，掠人财物，欺儿霸女，地方官对此却不敢管。有一次，李鸿章的侄儿强夺乡民妻子，乡民向彭玉麟告状。彭玉麟听到这件事后，拍案而起："这样的恶霸不治，怎么能平民愤！"随即叫人将李鸿章的侄儿带过来，彭玉麟问他："有人告你抢了他的妻子，有这回事吗？"李鸿章的侄儿居然有恃无恐，不以为然地回答："有这回事，怎么样？"彭玉麟大怒，要立即处理治罪。当地的府县官员被吓破了胆，赶忙求情。巡抚听到这个消息也赶过来，然而彭玉麟一面命令手下人隆重迎接，一面却私下里吩咐将李鸿章侄儿的头砍下来，并且写了一封信告诉李鸿章："您的侄儿败坏了您的名声，想必这也是您厌恶的，我已经帮您把这件事处理好了。"事已至此，李鸿章也无可奈何。

王闿运编撰的《桂阳州志》，以不凡的文采、谨严的编撰深深打动了彭玉麟，他也向王闿运提出，想聘请他修撰《衡阳县志》。这既是好友相邀，又"给笔礼，授馆食"，闿运自然不便推辞。

王闿运从 1870 年夏初开始编撰《衡阳县志》，到 1873 年 9 月全部完工。全书共 29 万余字，分疆域、事纪、赋役、建置、官师、礼典、人物、山水、艺文、货殖 10 篇，4 图、18 表。《衡阳县志》内容与字数均不及《桂阳州志》，但花费的时间相较之下却长得多。这是因为在修撰过程中，王闿运曾经入京会试一年，其间曾国藩于 1870 年春病逝于南京，同年归葬长沙，他也亲自前往长沙悼念。后来叔父步洲君辞世，他又回湘潭料理丧事，修撰是在断断续续中进行的。

放下了《衡阳县志》，1874 年，闿运又着手编纂《东安县志》。湘军旧将席宝田从贵州做官还乡，路过衡阳，得知王闿运主编的桂阳、衡阳两县志先后告成，于是一定要请王闿运前往东安修县志。席宝田也算是闿运在湘军奔走期间的旧友，对他的请求，闿运当然也不好拒绝。

席宝田，字研香，东安人，贡生出身。他曾随刘长佑镇压太平军。因在江西石城俘获幼天王洪福瑱等，授布政使。后又率领湘勇到贵州镇压苗民起义。他带领的军队，烧杀抢掠，无恶不作，引起舆论谴责，遂称病退职。

闿运于 1874 年 2 月到东安修志，4 月即告成，较之桂阳志的一年多，衡阳志的两年多，可谓神速。《东安县志》有疆域沿革图志、事纪志、田赋志、建置志、职官志、人物志、山水志，共7篇10余万字。

在编撰《衡阳县志》的同时，闿运还开始接手《湘潭县志》的编写工作。《湘潭县志》本由罗汝槐主持编撰，但历经多年仍未能付梓，县里的人对此很有怨言，人们力邀王闿运主持这件事，好早日大功告成。王闿运对于地大物博、财力饶裕、人文荟萃的故乡，一直很有感情，虽然接二连三的任务使他自嘲，说自己是"破船揽载多"，但对于这件能为故乡尽一己之力的事，王闿运权衡再三，最终还是答应了。

《湘潭县志》从1869年开始接手，直到1888年才完成，一共12篇，30余万字。

王闿运修志，作风严谨，记叙翔实，敢于创新，文字简洁隽逸，并且尊重史实，不夸饰、不虚美，这些特点在他编撰的志书中都充分体现了出来。《湘潭县志》突出地体现了这些特色。

湘潭是王闿运的故乡，他深深眷恋故乡的亲人、故乡的山水、故乡的风物，这一切时时刻刻激荡着他的胸怀。在描绘故乡风光时，他感情充沛、文辞优美，笔下画面清幽、风光旖旎，与历代山水小品相比一点也不逊色，使人读后平添爱乡恋邦之心。如《山水》篇：

（涟口）新修路，归路悉种黍秋，十里平沙，试马春游，踠啼步骤，垂杨待渡，轻舫移烟，有川陆之胜览也。

在《事纪》中，闿运表达出对湘潭爱国将领的歌颂，对清兵南征时的暴行进行揭露，这在清统治者余威犹盛的当时需要一定的胆略：

清顺治六年正月，大兵至湘潭。明督师大学士定兴侯何腾胶死之……大兵下令屠城，自二十六日至二十九日方止……数十里无行人。

对历代统治者的剥削，甚至对自己始终尊崇的曾国藩在兴办团练时的横征暴敛，王闿运在《赋役》中也有针砭，义愤之情溢诸笔端：

湘潭，湖外壮县也。财赋甲列县，民庶繁殖，官于此者，恒欣然乐饶。民间为之语曰："不贪不滥，一年三万。"嗜利者不知足，见可以多取，辄增取之。

明洪武初，计户才四千六百五十三，口二万五十三。国初存丁三千一百九十六。岂地当冲要衢；易代之际，凋耗逃散至此乎？抑近代役法疏欺上不认户盛衰课吏，吏公谩也？

这些具体数字，足以说明统治阶级的剥削日甚一日。闿运的用心实在良苦。他又在《货殖》篇里写道：

当军兴时，任孙坦为令，委以聚敛。有所征求，辄逾所望。坦以此致三品，赀数十万。及寇平，诸将拥赀还博戏倡优，相高以侈靡。尝一度输银至巨万，明日举典商部帖偿之，传以为豪。未十年，燔无余矣。

这里所说的"军兴时"，就是指曾国藩等办团练、镇压太平军的时期。不难想象，闿运执笔写作时，义愤之情见于字里行间。

对王闿运所编方志的非凡成就以及他在志书中流露出的编撰思想，近代学者李肖聃赞扬说："桂阳、衡阳之书，湘潭、东安之志，皆敛雄才于方纪，纳万变于小篇。旧日湘中山水之纪，先儒者旧之篇，较此华章，黯然失色。盖默深圣武之记，无此伟观；玉池湘阴之图，逊兹雅韵。斯其史裁之丽密也。"

这些褒扬之语确实是恰如其分，王闿运受之而无愧。

二、讥评时势《独行谣》，苦心孤诣著史诗

青春是人生的珠项上最夺目的珍珠，它应该闪耀着欢乐的光芒、五彩的梦幻，但生逢乱世的王闿运却过早地领略了生活的沉重。这份沉重从另一方面说也是纷扰的时势给这位天才少年的"赏赐"。

1806 年，湖北佣人李青照的妻子张氏被主人逼逃，更加上恶少的欺凌，她忍受不了这些凌辱，带着襁褓中的儿子投江而死，李青照告状无门，也以死抗争。人们深切同情这一家三口的悲惨遭遇，特意为他们修筑了一座墓，并在墓旁立了石碑，将血泪事实镌刻在碑上，既表达出人们悲痛之情，也抒发愤怒之意。1849 年，16 岁的王闿运路过这座墓，不由得停下脚步凭吊一番，在芳草萋萋、苍松翠柏掩映的坟茔旁，他被这个故事深深地打动了。随着岁月的流逝，雨雪风霜的侵蚀，竖立了几十年的叙事碑文已经残缺不全，除了偶尔飞讨的归鸦哀鸣似乎还在为这家人哀悼外，一切好像沉船过后静静的海面，了无痕迹。少年才子深深同情这家人的不幸遭遇，为夫妻俩忠贞不渝的爱情深深打动，仗势欺人的富人、乘人之危的恶少，更在他心中激起无限的愤懑。

有感于此，王闿运写下了《拟焦仲卿妻诗一首，李青照妻墓下作（并序）》。他用诗歌将这如泣如诉的故事记录下来，歌颂李青照妻张氏的洁身自好、坚贞不屈，以诗歌反映历史事实。全诗共 248 句，1240字。从诗的标题即可看出作者有意摹拟"感于哀乐，缘事而发"的汉乐府民歌《古诗为焦仲卿妻作》。客观而论，闿运的这首拟作诗，艺术上不如《焦仲卿妻》，但王诗塑造的李青照妻张氏是社会最底层的劳动妇女，有着不同平常的意义，"妾是贫家妇，贫妇无华妆""无衣常苦寒，无谷常苦饥。朝持絮作衣，夕采葵为羹……"这是最底层劳动妇女的真

实写照。当时，又有多少文人能为这些"贫家妇"鼓与呼！

张氏的死是因为"主君作高官，不与州县同"，主君利诱威胁被迫逃亡，不幸又被恶少欺骗凌辱而死。李青照的死，则是在赴县鸣冤后，"长官闻此事，捋须共言难""县令闻此事，忸怩无容颜"有冤难申的情形下，以死与社会抗争。

王闿运通过对人物的塑造，对事件原委的叙说，以及笔端流露出的感情，礼赞了两个与黑暗社会抗争的底层劳动人民形象，揭露了黑暗社会官官相护、草菅人命的残酷现实。

王闿运 1849 年写作此诗，李青照夫妇的坟上已是"悠悠四十载，冢上有新树"了，少年基于义愤，用犀利的笔墨、史诗般的鸿篇直砭社会弊病。识见之深，感情之真，也让人对这位血气方刚的少年肃然起敬。

如果说青年闿运所作的《拟焦仲卿妻》还只是小荷才露尖尖角，是他以"史笔"运用于诗歌的最初尝试，那么他人到中年时所作的《独行谣》则是讥评时势的杰作。

1871 年冬，湘中人士酝酿修撰湘军始末专书，议者纷纷。闿运的总角之交兼儿女亲家邓弥之带着儿子和儿媳，专程从武岗来到衡阳石门看望老友。王闿运高兴万分，留老友和女儿、女婿在石门度岁迎春，两位老友好不容易有了充裕的时间，温馨的氛围，拥炉而聚，谈天说地。这一对少年时就结就的好友，在经历了人生种种坎坷之后，而今又亲密无间地在一起度过了一个残冬暮春，整整大半年的时间，真是难得的快意之事。在王闿运一生中，都留下了不可磨灭的印记。

石门住宅，依山傍水，春有杜鹃满野，夏有清荷凌波，秋有金桂送爽，冬有腊梅傲雪。四时之景、山居之乐，闿运其乐融融！刚到石门的第二年暮春，那漫山遍野盛开的火红的杜鹃花，勾起了才绝宦意的王闿运满腹情怀：

踯躅逢春似火堆，石门儿女逐年栽。

谁知消尽神仙福，重对殷红泪眼开。

退隐乡居不久的王闿运仍是心潮起伏，心意难平。写完诗后，他马上将这首诗寄给了老友们，以示心迹。作为多年至交，邓弥之怎会不理解闿运心头的隐痛呢？理解归理解，现实总无情。对于过去，也许他们所剩唯有夹着些许悲凉而又云淡风轻的"闲坐说玄宗"了。王闿运告诉少时好友，这年春天他又到过一次萍乡，经过前年旧寓时，作了两首诗。这两首诗可以表明他现在的心迹：

旧游如梦复如醒，只忆娇娆不忆名。

刚举玉杯成一笑，苕华朱字甚分明。

桃花落处丆成烟，仙药从来不驻年。

比拟刘郎犹易老，等闲白头作神仙。

面对着烧得正旺的炭火，闿运觉得自己的心路就像这由旺趋暗、趋灭、趋冷，最后燃成灰烬的木炭。邓弥之听着，沉默地伴着老友，终究没有说出话来。面对这位怀才不遇、龙游浅水的老友，他岔开话题道："壬秋，你还记得早两年你寄给我的那首词吗？"

未等闿运回答，已嫁到邓家有年，但仍似出嫁前一样无拘无束的女儿无非便迫不及待地插话了："是那首《瑞鹤仙》吗？我还能背出来呢！"她吟道：

别愁凄满院。正晚来，疏帘和雨都卷。春痕背灯见。又烟丝碧润，露花红断。潇潇线线。绕回阑，寒轻夜浅。被东风、迤逗相思，刚落檐花一片。

休缱。红楼隔冷，珠箔通光，作成闺怨。天涯纵远。诗共酒，尽消遣。但西窗剪烛，东阑对雪，年时几回相见。好殷勤，爱惜良宵，莫催银箭。

在女儿无非清丽悠长的朗诵声中，在熊熊燃烧的木炭光焰里，闿运和弥之仿佛又回到了饮酒斗诗、吟诗赏月、跳荡的青春岁月。"而今垂垂老矣，昔日旖旎不再……那些个风花雪月的往事，都宛如春梦了无痕。"王闿运深深感叹。

"弥之，上次南昌聚会你还欠着一首词呢？"

"是题余敏功《桃花燕子图》吧？好，今天我也索性'老夫聊发少年狂'以应前约，如何？"向来谦逊谨慎的邓弥之今天难得豪气干云。他也还清晰地记得那幅画，烟雨空蒙中艳丽的桃花，"飘然快指花梢，翠尾分开红影"的轻俏燕子仍宛在目前：

问何处？似曾相识，门巷依稀。断肠春色，故国归来，旧游如梦。那堪觅，雨丝晴絮，凭谁寄楼头消息？点点丝丝，都化作啼襟红湿。

叹早是，天涯倦羽，已自舞腰无力，玉剪双双更暗惹，故人愁臆。重来试，低认芳巢，应更笑将雏情急，好分付东风，莫把年时轻掷。

"真是宝刀未老，绝妙好词呵！"闿运不由拍手称绝，哈哈大笑。两人聊天的话题从自由少年而渐趋负重的种种往事，说不尽的旧时情谊。除了回忆友人们唱和往来、诗酒风流的优游岁月外，两人谈得更多的是太平天国起事后，战火烽烟中的一幕幕、一桩桩犹在目前的往事。

"壬秋，你经事既多，识见又深，更兼文采风流，何不把这些年来发生的事情，用歌行记录下来？我想，那必能明得失、达事变，可以与正史媲美！"

"这个么，嗯，有道理，容我斟酌斟酌……"

"是不是江郎才尽呀！"面对老朋友的谦辞，弥之使用了激将法。

"哈哈，信江郎非才尽也，正以多才而更涩也。"闿运果真被老友所激，朗声道："半年之内，定将诗作呈阁下指正。"

果然，不到半年，闿运就写出了后来被人们交口称赞的组诗《独行谣》，共30章，448韵，4485字。在这之前，闿运在京师所作《圆明园词》就婉丽动人，人生之慨，兴亡之感，悉数寓于诗中。士大夫争相传抄，名噪一时。《独行谣》在思想、艺术两方面都更为炉火纯青，与《圆明园词》相比有过之而无不及。

《独行谣》写作的时间与《湘军志》几乎同时，闿运写作此诗时题旨也是反映当时那一段历史，可以说它是《湘军志》的姊妹篇。录其二，以飨读者：

其　一

一晨复一宵，听我独行谣。

独谣君独听，岁月一何辽！

忆我年十五，体羸志未修。

呻吟穷巷内，学作康衢讴。

儒冠乐群会，始得通罗刘。

此时闻常邓，高咏锵鸣璆。

凤凰不孤响，燕雀随啾啾。

寒冬步从我，玉佩貂襜褕。

十里还城南，夜烛明于珠。

城门丙夜开，民物共欢愉。

今题赋南阁，君独悟几趋。

其 二

余方乐嬉游，明岁果告灾。

荆澧连大浸，桂象亦无禾。

南郡介其中，院司庸且疲。

陆贪骆则廉，其智各自谋。

牧令久俗钝，参错七十都。

楚危若振鞶，越亡如烂鱼。

洪杨有名号，倡和连浔梧。

琛也起州县，奏草先中枢。

彰云上厌事，调发烦军输。

文宗既龙飞，其变乃具疏。

选将由固原，荐材未云诬。

谁轻鼷鼠机，林死降李周。

周刚意轻李，雁行始不和。

奏用军二万，大臣舌挢呿。

惜哉谋不用，足为后世模。

向使并全力，武宣扫无馀。

置此曲突计，焦头赏曾胡。

　　组诗的第一首，王闿运对自己少时的生活、求学、交友作了回顾；第二首接着叙说当他沉浸在与友人结社联吟、赏山游水时，"明岁果告灾。荆澧连大浸，桂象亦无禾"，反映了当时的社会现实。诗中所写的"琛也起州县，奏草先中枢。彰云上厌事，调发烦军输"则描述了洪杨起义，势如破竹，广西巡抚郑祖琛见来势猛烈，恐不敌，上奏朝廷，请朝廷增援。军机大臣穆彰阿却隐瞒不报，直到道光驾崩，咸丰即位，才上禀朝廷……朝纲之不振，由此可见一斑。

王闿运这组《独行谣》的创作宗旨正如诗序所言"盖明于得失之迹，达于事变，怀其旧俗，国史之志也。故综述时贤，详记大政"。王闿运确实做到了这点。歌行将太平军起事、湘军兴起的这段时间里，自己的遭遇感受、贫民大众的苦难、朝廷官员的态度、起义军的声势……以朴实的语言记录下来。抚事伤时，读来令人感慨万端。胡适曾评论这组诗说："《闿运集》中有1872年作的《独行谣》30章（卷9），追写20年的时事，内中颇有大胆的讥评。"胡适对《独行谣》艺术价值的评价不高，或许值得商榷，但十分肯定它的现实意义。

除了上述纪实诗歌外，王闿运也写有大量反映太平天国运动和民生疾苦的诗文，诗名由此大盛。由于其古朴质实，大有魏晋南北朝的诗风，被人称为仿古派、六朝派。

三、国语一篇新出手，近世良史《湘军志》

王闿运殚精竭虑所著的《湘军志》是一部反映史实的杰出志传。一提起《湘军志》，人们就会想起王闿运，两者是永远联系在一起的。

不管怎么样，曾国藩从团练起家，一手创办起来的湘军在中国近代史上叱咤风云，起过重要作用。征讨太平天国，又西行伐捻，为维护清政府的统治立下了汗马功劳。正是因为湘军的存在，犹如风中之烛的清政府又多挣扎了些时日。

曾国藩自1853年创办团练始，到曾纪泽等请闿运作《湘军志》已有20余年，而平捻也已过去了10年。当时，从湘军的高级将领乃至普通士卒，都认为镇压太平天国运动的功臣首推湘军。他们认为，自己创立了丰功伟绩，如果没有一部专门的史书来记载，随着时间的流逝，将

郭嵩焘 像

会湮灭在无情的历史之潮里。况且到了平叛末期，湘军给人的印象是烧杀抢掳、贪婪暴虐，那些升了官、发了财，又希望往自己脸上贴金的一大帮高级将领，更是希望有这么一部书来给自己增光，以消除人们对湘军的不良看法。

曾国藩的密友广东巡抚郭嵩焘，以及史学家吴敏树（字南屏）首先倡导这件事，郭写信给陈士杰说："湘军本末，宜有述录，发议自吴南屏，嵩焘实倡行之。曾劼刚一以属之王壬秋。"从中可知，最早倡议撰写湘军历史的是吴南屏，郭也非常认同，曾国藩的长子曾纪泽（字劼刚）更是极力赞同，并且一定要请王闿运撰写，又主动先送 6000 银元润笔费。

　　王闿运之所以成为曾纪泽心目中撰志的最佳人选，是因为他的父亲曾国藩在世时就对王闿运十分佩服，认为其"著述当属之王君，功业或亦未敢多让"，并且曾经与王闿运讨论过有关修志的事宜。王闿运与湘军，特别是与曾家渊源很深，更是世所公认。虽然曾国藩在政治上没采纳王闿运的主张，但他们之间 20 年来一直保持着布衣卿相情谊、忘年师友的关系。曾纪泽曾说父亲与王闿运"亲同袍泽"，而几部志书的相继问世，更加坚定了曾纪泽的信心，认为《湘军志》的撰写非王闿运莫属。

　　治学读史多年的王闿运自然估计到撰写的难度。他想起太史公治史时所感慨的"古者富贵而名磨灭，不可胜记，唯倜傥非常之人称焉。盖文王拘而演《周易》；仲尼厄而作《春秋》；屈原放逐，乃赋《离骚》；左丘失明，厥有《国语》；孙子膑脚，《兵法》修列；不韦迁蜀，世传《吕览》；韩非囚秦，《说难》《孤愤》；《诗》三百篇，大抵圣贤发愤之所为作也"。自己一介书生，虽薄有才名，但不为世用，做避世之举，有何德何能与这些先古圣贤一较高低呢？自己虽也曾奔赴前线，却不曾亲历战场，撰写时是否会与事实不符呢？更何况自己与湘军将领几乎人人熟稔，是否会因距离太近而将个人感情掺入其中，有辱治史之名呢？而且，对这些显赫一时而至今还活着的湘军将帅，又或者笔下有所褒贬，又将会面临怎样的反应呢？想到这些，王闿运不由心潮起伏。几部志书的编撰，虽使他小有成就感，但志书基本上只是搜集资料，客观如实地编撰，创作的成分较少。《湘军志》所涉范围甚广，光材料的搜集核实，以一己之力，又谈何容易！他觉得棘手。然而对于这一具有挑战性的工作，他又有些技痒难耐，就像已练就一身武艺的世外高人，跃跃欲试，想借此一显身手。思前想后，闿运还是接受了这项工作。

　　王闿运撰写《湘军志》的准备工作比以往编撰任何县志都更加充

分，态度更加谨慎。1875 年曾纪泽就已写信邀请王闿运修史，他直到1877 年才正式动笔。开始以后他仍然坚持参阅《发捻方略》，以吸取前人的经验教训。

平时，过从的友人很多，家庭琐事繁杂，《湘军志》只能断断续续地撰写。为了能静心撰写，闿运有时闭门谢客，但仍然不堪其扰，于是决定回乡宅去写。乡宅狭小，如回家则必强移佃户，王闿运于心不忍，为此，他心情郁闷，一筹莫展。恰在这时，已故尚书何根云有一处过去的产业在东山，何的后人欢迎王闿运到那儿去写作。于是他便应邀暂住东山何氏宅潜心撰书。

因为《湘军志》中涉及的许多人物仍然健在，在撰写时他尽量与亲历其事的人商量、校核，同时阅读更多的相关资料。一改往日的豁达，显得格外谨慎。

他仔细阅读《褒忠录》以及在曾、胡奏牍以后才写《湘军志·曾军篇》。《水师篇》写完后，寄给彭雪琴商定，请他指正。全书各篇，大抵如此。为了知道曾军的进兵方略，他甚至让大女儿画《湘军志图》。

1878 年 8 月，他的好友四川总督丁宝桢写信请他主持尊经书院，面对友人的盛情相邀，闿运岂能不心动，但他仍以《湘军志》未写完而暂时婉拒。直到这一年的 11 月，《湘军志》初稿基本定下来了，他才高高兴兴答应去四川。

从开始撰写《湘军志》，王闿运就觉得写作这本书比起以前他所编写的任何一部志书都要艰难得多。湘军从曾国藩办团练之日起，或者说从江忠源组织"楚勇"起，直到左宗棠平定新疆，历时 20 多年，其活动范围广泛，南至交趾，北及承德，东循潮、汀，乃渡海到台湾，西极天山、玉门、大理、永昌，遂度乌孙，水属长江五千里，击柝闻于海。湘军的情况或胜或败，或增或裁，头绪纷繁复杂，这一切都要用史笔记下来，真是个大难题。王闿运为此深深苦恼。这一切在他的日记里都有

王闿运撰《湘绮楼日记》（图片来自湖南省博物馆）

真实的反映：

戊寅　光绪四年（1878年）

二月二十七日：夜览涤公奏，其在江西时，实悲苦，令人泣下。然其苦乃自寻得，于国事无济，且与渠亦无济，反有损……作《湘军篇》，因看前所作者，甚为得意，居然似史公矣。不自料能至此。不知有赏音否？

二月二十八日：作《曾军篇》成，共12页，已得二年军事之大纲矣。甚为得意！

二月二十九日：作《胡军篇》，看咏芝奏牍，精神殊胜涤公。有才如此，未竟其用，可叹也！

三月十六日：阴，看胡奏稿、书札及《方略》，见庚申年事，忽忽不乐。又看曾奏稿，殊失忠诚之道。曾不如胡明甚，而名重于胡者，其始起至诚且贤，其后不能掩之也。余初未合观两公集，每右曾而左胡，今乃知胡之不可及，惜交臂失此人也！向非余厚曾薄胡，彰著于天下，则今日之论，几何而不疑余之忌盛哉！

三月十七日：撰军志篇成，读一过，似《史记》，不似余所作诸图志之文，乃悟《史记》诚一家之言，修史者不能学也……

三月二十二日：作军志，叙田镇战事，颇近小说，然未能割爱也。

四月十一日：作军志，咸丰六年至八年，湖南协济江西军饷银二百九十一万五千两，此左生之功也。左生于江西殊盛曾公。

四月十二日：夜看曾书札，于危苦时不废学，亦可取。而大要为谨守所误，使万民涂炭，犹自以心无愧，则儒者之罪也，似张浚矣。

万般心绪中，闿运有着对得意之笔的喜悦、自我欣赏，也对自己能更深一层地把握某些历史人物的复杂心理而自得。特别是对曾、胡两人的看法相较以前大相径庭。怀着谨严的创作态度，拥有翔实的资料，深入细致地了解了史实，王闿运现在对曾国藩的看法与以前迥然不同。曾国藩以前是他心中的明公，而现在王闿运却评判曾氏"有失忠诚之道"，认为其荼毒万民而心安理得真堪与历史上的奸臣张浚相比拟。在人们心目中，胡林翼远不如曾国藩，王闿运以前也这样认为，现在王闿运通过写史深深为胡林翼的德才所折服，惋惜与胡失之交臂，甚至为自己当年未能游说胡却去游说曾举事而懊悔……

1878 年 11 月，闿运终于完成了《湘军志》初稿。这年冬天，闿运如约到了四川。到四川后他仍对《湘军志》作了多次修改和补充。1881年 10 月，《湘军志》终于刻版印行。王闿运自己对这部历时数载，倾注了无数心血，苦心孤诣写成的史书感到很欣慰。他用手摩挲着厚厚的书稿，觉得数载修志就好像精心浇灌一颗种子，看着它发芽、成长，瓜熟

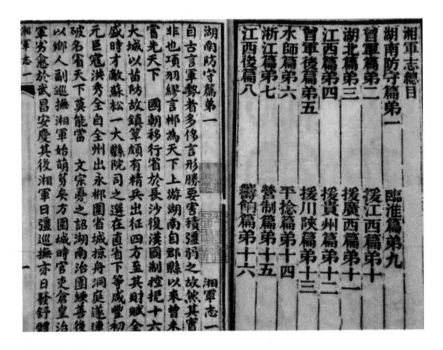

《湘军志》局部

蒂落，心里那份惬意是无以言表的。对于经过自己苦心撰写出来的史书，他甚至认为可与陈寿的《三国志》、范晔的《后汉书》争辉。

自以为完成了任务的王闿运带着书回到湖南后，才知道这部志书引起了轩然大波。湘军旧部对于《湘军志》蜚短流长、议论纷纷。先是曾国藩的弟弟曾国荃看了书以后暴跳如雷，认为书中虚诬之处太多，甚至扬言要动武，郭嵩焘兄弟也公开指责《湘军志》为"谤书"，不是"良史"。曾国藩的门人李榕对《湘军志》也深恶痛绝，有些所谓学人如长沙王先谦、湘潭罗汝怀等也因为一些私人恩怨，诋毁这本书。那些追随曾氏兄弟行军打仗，烧杀抢掠，无恶不作又发了大财的赳赳武夫，更是气势嚣张，群起而攻之，几乎到了要食其肉寝其皮而后快的程度。王闿运听友人说，一个绰号"雪狮子"的人甚至威胁要对他饱以老拳。

对此，王闿运自我解嘲说"今年以刃始，以拳终，可谓逢凶化吉者"。面对攻讦，王闿运采取了息事宁人的态度，以图安宁。他将书版及所印刷的书全部交给郭嵩焘，让他销毁。他在写给丁宝桢的信中道出了万般无奈与心中的委屈：

湘中兜鍪余气，笨伯如初。刘（坤一）、曾（国荃）告归，城中顿有二督、岘首雍容，即当见录；沅弟鞅鞅，未知所由。昨乃怪怨闿运以所作《军志》为诋诃功烈。金刚之徒，附和一词，怒于市而色于室，已为可叹！而鄜州人士怙于名位，竟成积习，身与交游，莫能救之，以此知史公论淮阴未能学道，诚实见其所以然。而闿运德望俱无，坐视扰攘，亦实无挽回之力。湘人愚直之风，遂已衰矣。初在城日少，尚未料其至此，此又一隅之隐忧耳。

自己不是史官，却要秉笔直书，必定会遭人诟病，王闿运对此早有预料。1883 年，他再次返回四川时，学生们听说《湘军志》的遭遇后，个个义愤不已，纷纷要求将书重刻再印。王闿运却很豁达，他说："此书信奇作，实亦多所伤，有取祸之道，众人喧哗宜矣。韩退之言修史有人祸、天刑，柳子厚驳之固快，然徒大言耳。子厚当之，岂能直笔耶？……若非史官，而言人长短，则人尤伤心矣。"在撰写《湘军志》这件事上，闿运本欲做扑向光明的飞蛾，一不小心，却差点引火自焚了。那么，这部在湘军旧将中引起轩然大波，如一石激起千层浪的史书究竟是怎样的一部书呢？

《湘军志》采用的体例较为新颖，不同于传统史传的纪传、编年或纪事本末体。它基本以各战区的战役为主干，然后按时间顺序分篇叙述。行文叙议相交，有时插入生活小事和人物对话，甚至附带选录奏折之类的小片段。其篇目依次为《湖南防守篇第一》《曾军篇第二》《湖北篇第三》《江西篇第四》《曾军后篇第五》《水师篇第六》《浙江篇

十一》《援贵州篇第十二》《援川陕篇第十三》《平捻篇第十四》《营制篇
第十五》《筹饷篇第十六》。

《湘军志》之所以引得众议纷纭，是因为闿运秉笔直书，暴露了朝
廷官员的昏庸腐朽、嫉贤妒能，揭露了绿营官兵、湘勇的互相攻讦，贪
生怕死、横行暴虐的真相：

军兴，而养兵之利害尽著。诸帅臣则稍稍召募，而江忠源以"楚
勇"显。然兵妒勇益盛，所屯则私斗，战败固不救，反陷之。

咸丰二年冬，湖北大营患潮勇横恣，罢遣之归，乃益道掠，公奸
良民妇衢市，所至焚杀。愚民以为官兵不如寇。

——《曾军篇》

寇兴四年，而湖北军五溃。杨霈之败也，实未见寇，乱民一呼，
而万众瓦解。省城初才二千兵，及城陷时，城内外防守军万二千，见黄
旗则争縋城走，外兵亦走。水师固不任城守事，省城溃，自保而已。

——《湖北篇》

《湘军志》又毫不留情地揭露湘军官兵的劫掠、贪婪。从军饷一项
即可见一斑：

（骆）秉章督四川，设夫马局，津贴捐输乃更为敝。治非独务本难
也，逐末竞利犹待人而兴。然以此益知军兴不乏财，而将士愈饶乐，争
求从军。每破寇，所卤获金币、珍货不可胜计。复苏州时，主将所斥卖
废锡器至二十万斤，他率以万万数，能战之军未有待饷者也。

——《筹饷篇》

凡统将，得专置营官，营各献助公费，月或百金，或二百金，至

三千人，又公加公费银百两，夫价银卅两，统五千者倍之，统万人者三之。万人则廿营，营助百金，并之则月三千金，此湘将之廉者也。楚军之制，于所统营各置司籍一人，则军缺未补者，或竟缺者，或除名者，饷皆入于其将，军械修补之费不与焉。故将五百人，则岁入三千，统万人，岁入六万金，犹廉将也。

——《营制篇》

太平军的制度是缴获财物一律充公，并建立"圣库"储之。经过十多年的积累，据说金银堆积如山，财富不可胜数。天京（南京）攻陷后，清廷想攫占这笔财产，但已被攻占天京的湘军捷足先登了。清廷派员调查，用各种手段查询这笔财产的去向。对此，曾国藩于 1864 年 7 月写奏折向朝廷辩诬：

历年以来，中外纷传洪逆之富，金银如海，百货充盈。臣亦曾与曾国荃论及，城破之日，查封贼库，所得财物，多则进奉户部，少则留充军饷，酌济难民。乃十六日克服后搜杀三日，不遑他顾。伪宫贼馆，一炬成灰。逮二十日查询，则并无所谓贼库者。讯问李秀成，据称：昔年虽有圣库之名，实系洪秀全之私藏，并非伪都之公帑；伪朝官兵向无俸饷，而王长兄、次兄且用穷刑峻法搜括各馆之银米；苏州存银稍多于金陵，亦无公帑积储一处；惟秀成所得银物尽数散给部下，众情翕然；此外则各私其财，而公家贫困等语。臣弟国荃以谓贼馆必有窖藏，贼身必有囊金，勒令各营按名缴出，以抵欠饷。臣则谓勇丁所得贼赃，多寡不齐，按名勒缴，弱者刑求而不得，强者抗令而遁逃，所抵之饷无几，徒损政体而失士心。因晓谕军中：凡剥取贼身囊金者，概置不问，凡发掘贼馆窖金者，报官充公，违者治罪。所以悯其贫而奖其功，差为得体。然克复老巢而全无货财，实出微臣意计之外，亦为从来罕闻之事。

　　曾国藩煞费苦心写出了花团锦簇的辩折，冠冕堂皇。他不但否认了圣库的存在，而且借李秀成之口，暗示朝廷要散财于部下，才能众情翕然，且更进一步提出不宜追缴，也无从追缴。朝廷对此无可奈何，追查一事也就无从谈起。此事以不了了之告结。

　　但事实如何呢？从王闿运的《筹饷篇》《营制篇》可见湘军劫掠之多，而且王闿运还在《湘军志·曾军后篇》借社会舆论说出"江南资货，尽入军中"这样的断语。这种无情的揭露和批判，怎能不使曾国荃恼羞成怒，必欲除之而后快呢！

　　在书中，闿运写了曾国藩的奸忍严酷。写曾国荃破南京后，杀掠无道，为千夫所指。指出其手下将官如多隆阿、杨岳斌、彭玉麟、鲍超等欲离去，揭露其众叛亲离之窘境。

　　尽管曾国荃、郭嵩焘等人"防民之口甚于防川"，但公道自在人心，四川尊经书院的学生不顾湘军旧部的反对，将《湘军志》翻刻再版。《湘军志》也博得众多有识之士的高度赞扬。

　　曾国藩门下四弟子之一的黎庶昌就赞赏《湘军志》是一部近世良史，"不虚美，不曲讳，其是非颇存咸、同朝之真，深合子长叙事意理"。他将《湘军志》中的五篇合称为《湘军水陆战记》，编入他编选的《续古文辞类纂》中，使得这些篇章更广泛地传播。这对于当时处于四面楚歌中的王闿运，无异于雪中送炭。因此，王闿运感慨万分，将黎庶昌引为知己。他特地在回信中真切地表述自己深深的感念之情："莼斋先生节下：闻名卅余年，同在人海中，无缘一见，然相知无疑也。今岁与勉林兄俱寓天津，乃得见；来书垂问之殷……曾公事业在《湘军志》者殊炳炳麟麟，而沅甫以为谤书，竟承特采，曷胜感激。三不朽之业，著一毫俗见不得。节下蝉翼轩冕，一意立言，真人豪也。……以公超然，故敢言深。"

而最有发言权，对于《湘军志》具有举足轻重评价作用的则是将修志之重托完全托付给闿运的曾纪泽。当众人为《湘军志》闹得沸沸扬扬的时候，曾纪泽还在国外，或许还没能读到《湘军志》，但他信任闿运，更何况有黎莼斋的推崇。他的《怀王壬父》诗，就鲜明地表达了他对《湘军志》所持的态度：

> 秋林茂实敛春英，龚魏文章数弟兄。
>
> 搅动飞黄腾达意，发为坚白异同鸣。
>
> 爱人以德丛人怨，毁汝之言玉汝成。
>
> 国语一篇新出手，鱼龙喷沫鬼神惊。

曾纪泽的评价可谓公允持重，"国语一篇新出手，鱼龙喷沫鬼神惊"切中肯綮，更是给《湘军志》的纷争画上了一个完美的句号。

在当时的社会环境里，闿运以大量诗歌创作、以公允的撰史态度反映现实，实在是很难得。闿运出身清贫，居于陋室。弱冠之年，遭逢世乱，与广大百姓一起经历世乱丧离。他自幼受儒家传统教育和封建礼教熏陶，一心想挽狂澜于末世，维护清朝的统治，在《湘军志》中称太平军为寇，这都是他地主阶级立场的表现。但他求学综鉴诸子百家，以纵横家自许，残酷的社会现实也使他深刻认识到自己的历史使命，决心不做一般的腐儒。他在二十多岁时就把湘潭云湖故居名曰"湘绮楼"，其时并无此楼。楼名取意于江文通拟曹子桓诗"高文一何绮，小儒安足为"，显示出他不同流俗的高情雅趣。湘绮楼在他纂修《湘军志》期间落成。这时的湘绮楼位于长沙营盘街。曾经被烧毁，后来又作修葺。王闿运对他住过的好些地方都取名"湘绮楼"，对他来说，湘绮楼已不是一座单纯的建筑，而是他志趣的象征。

长沙湘绮楼故址

第四章　谁解素秋心，苍茫自写平生意

《清史稿》第 482 卷《王闿运本传》称，王闿运"尝慨然自叹曰：我非文人，乃学人也"。这说明闿运对被别人仅以文人目之感到莫大的委屈。自我辩解说自己并非文人，而是学人。

文人与学人究竟有何区别？文人与武人相对而言，这是甚为宽泛的一个指称。按一般标准，文人一般多指从事文学创作的人，接近我们今天所说的作家、诗人、文学家，也泛指一般舞文弄墨的读书人。学人即学者，专以学术研究为事，范围较之文人狭窄，是指研究文学、史学、哲学及其他相关学问的专家、学者。

闿运不愿承认自己是文人，这与他生平不以做文人作为终极目标有关；也与中国传统认为文墨之事是"雕虫小技""轻薄为文"的观念有关。宋代词人柳永词中有"忍把浮名，换了浅斟低唱"，宋仁宗看了很不高兴，本来他就不喜欢柳永的放荡不羁，柳永又直言不讳地表露自己追逐风月不图仕进的心迹，更惹得龙颜大怒："且去浅斟低唱，何要浮名！"一代"文人"就这样永远地被放逐在市井花柳巷中，潦倒一生。柳永的遭遇就是文人境遇的典型例子。历代文人的不幸遭遇对闿运不能不产生深刻影响。

王闿运一生主要成就并不局限于文学，他是一位全方位发展且颇有成就的学者，用现代标准看，他是一位复合型人才。但从王闿运在戴家祠堂读书开始，就对数千年前汩罗江畔徘徊吟咏的诗人屈原心驰神往，早在那时就已在心中播下了文学的种子，以能文著称，"月落梦无痕"那样引起文学界热烈反响的清词丽句也是那时写就的。王闿运"少负盛名"的原因就在他能诗擅文。他的文名吸引了一批文学青年在自己身边。从17岁起，每逢腊月他便与文学挚友李篁仙一起写诗，他们经常刻烛联句（一种作诗时限定时间的方法，就是在蜡烛上刻记限时作诗）。李篁仙去世后，他也独自坚持，写下了很多诗句。年及弱冠时，他与邓弥之兄弟、李篁仙等结成"兰林词社"，经常集会，吟诗作词，号称"湘中五子"。王闿运一生笔耕不辍，留下的文学作品蔚为大观。文学家的桂冠当之无愧。

一、风情绵邈骨坚苍，一时诗思落湖南

王闿运一生写诗无数。他早年擅长七言近体，可惜的是37岁以前所作近体诗没能保留下来。38岁开始写日记，在日记中保留了一部分近体诗，后来编成《杜若集》。40岁时在京师作《圆明园词》，名冠一时，76岁时刊行《湘绮楼诗集》。

湖广总督张之洞赞扬王闿运的五言诗说：

洞庭南北有两诗人，王壬甫五言，樊樊山近体，皆名世之作。

——易宗夔《新世说·文学》

"戊戌六君子"之一的谭嗣同对王闿运的诗歌也推崇备至，他说：

> 文至唐已少替，宋后几绝。国朝衡阳王子（夫之）膺五百之运，发斯道之光，出其绪馀，犹当空绝千古。下此，若魏默深、龚定庵、王壬秋，皆能独来独往，不因人热。其余则章模句效，终身役于古人而已……

> 论诗于国朝，尤为美不胜收。然皆诗人之诗，无更上一著者。惟王子（夫之）之诗，能自达所学。近人欧阳（欧阳中鹄，号瓣姜，嗣同师也）、王（壬秋）、邓（弥之），庶可抗颜。

> —— 谭嗣同《谈艺绝句六篇》自注

当然也有人批评他的诗"古色斑烂真意少"。综观王闿运的诗歌，可以看出，他虽然爱拟古，却是旧瓶装新酒，以拟古的形式写下了大量反映现实、评说时事的作品，将笔触伸向社会的方方面面，其深藏的忧国悯民的"诗心"卓然可见。

1872 年长诗《圆明园词》是他有意学元稹《连昌宫词》写就的。诗中叙述圆明园由始建到在第二次鸦片战争中被帝国主义列强抢劫焚毁的经历，记载了宫廷掌故，反映了历史的兴衰，曾被广为传诵：

> 宜春苑中萤火飞，建章长乐柳十围。
>
> 离宫从来奉游豫，皇居那复在郊圻？
>
> 旧池澄绿流燕蓟，洗马高梁游牧地。
>
> 北藩本镇故元都，西山自拥兴王气。
>
> 九衢尘起暗连天，辰极星移北斗边。
>
> 沟洫填淤成斥卤，宫庭映带觅泉原。
>
> ……

圆明园原是清康熙帝的行宫，后赐予皇子胤禛，题名为"圆明"，胤禛即位后，常在这里避暑，设朝房听政。乾隆即位后不断增修，将西湖苏堤、曲院诸景设于园中，并收集了不可计数的图书、珍宝藏在这里。王闿运用浓情之笔写出了圆明园昔盛今衰的过程，而在结尾，写同治即位后园未修复，而其婚礼用费达二千万两，超过旧制二十倍，宫门结彩用绉绸八十余万匹……废园待修，国库空虚，而最高统治者的骄奢淫靡竟无以复加。作者嫉世之心，讽刺之意溢于言表，结语"相如徒有上林颂，不遇良时空自嗟"，将自己虽文才盖世，但生不逢盛世，因而无可歌颂的幽怨倾泄无遗。正是这样一座被誉为艺术、园林瑰宝的圆明园，在帝国主义列强的铁蹄下化为废墟，成为了近代中国辛酸历史的见证。

王闿运在 1890 年写就的《周甲七夕词六十一绝句》对中国近代史上的大事都有所反映，从中可以看出"家国兴衰之感，平生游处之迹"，写甲申中法之战，中国败北，其诗云：

天溝风浪骇青冥，辽海惊波接浦汀。

作势何曾翻搅得，只教儿女叹零丁。

诗自注说："李少荃匿笑之，欲坐观其败。"作者在此毫不留情揭露李鸿章对局势坐视不理的丑恶嘴脸。内心的愤慨、抨击、悲叹之情一并泼向了这个曾与他有过密切交往的一代权奸。

关于中日甲午战争中国战败，他写道：

秋风一夜水平堤，枉渚归来听鼓鼙。

从此年年起风浪，月明乌鹊各东西。

作者的忧愤之心于此可见。

戊戌变法失败后，继之而起的是义和团以及八国联军的入侵。清政府最初对义和团残酷镇压。后来，因为义和团将矛头指向外国侵略者，并未殃及清政府的统治，于是又改而利用义和团抵抗外国的侵略军，让其两败俱伤，以达一箭双雕目的。义和团不是洋人的对手，清政府又马上变脸，与外国侵略者联手镇压义和团。对此，王闿运将抨击的矛头直指翻手为云、覆手为雨的慈禧太后，说她"红灯影里看天仙"，利用义和团抗击洋人，而一旦"一霎渔阳战鼓传"，则"银汉隔墙飞不渡，尚凭瓜果结良缘"，只知卑躬屈膝讨好洋人，奴颜婢膝之态于诗中毕现。

中日甲午之战，湖南巡抚吴大澂自请率师出关抗敌，后来战败被革职。王闿运就作了《乙未和议将成，念吴大澂为之失笑》，辛辣地讽刺吴大澂在甲午战争中临阵溃逃的丑态，同时也抨击清廷昏庸，竟将这样的无能鼠辈当作战将使用，以致兵败辱国：

> 不用金牌便卷旗，符离心学古来稀。
> 申王贵后无骄将，强把吴璘当岳飞。

曾有人批评王闿运诗一味仿古，走向了脱离现实的道路。其实，综观王闿运一生，他始终是一个关注国家、民族命运，关注社会现实，甚为矛盾复杂的人物。或者说，他始终是一个"中国向何处去"的不倦探索者。即使是观点谬误，他也是一位古道热肠的文人和学者。其谬误之处既有他个人的原因，也有他个人无法克服的时代障碍。作为诗人，他的这些有关国家、民族、社会及民众的观念始终是他的诗心、诗情的构成因素。说他"脱离现实"，绝非公允之论。只要细心地品味一下他的诗作，我们就会改变因受某几个名人即兴妄评的影响而形成的"先入"之见，就会知道王闿运的诗时时刻刻关注着现实。即使是咏物诗，他也能在描摹物态的同时，采用比兴寄托的手法，切入时事。如写罂粟花而联系到鸦片战争，《罂粟》由物及时，浑然天成：

> 淡红云白一时开，曾共虞姬对舞来。
>
> 近说雍凉侵陇亩，羞论香色似玫瑰。
>
> 胡麻好共仙脂捣，鬼草新和战血栽。
>
> 酒祸不闻尤秫稻，兴戎休怨此花胎。

王闿运入川前夕，在长沙目击势利小人讨好曾国荃，丑态百出，他禁不住写了一首绝句，借咏物以刺群小，其笔锋之犀利、辛辣，足可令那些碌碌小人羞愧得无地自容：

> 春初流水长荄筍，赤鳝黄鳅也自神。
>
> 乞与泥坑三尺水，欲成龙去奈无鳞。
>
> ——《甲子连雨有诗刺附合曾督者》

有一句湖南民谚说："才得了几滴屋檐水，泥坑里的泥鳅就神气起来了。"闿运将泥鳅的这一民间趣语融入诗，将其化作了鞭挞市侩嘴脸的利剑，读了叫人忍俊不禁。

王闿运一生游历名山大川无数，登高望远，俱怀逸兴壮思飞，他也写了不少描写自然山水的诗，清新自然，意境开阔，情致芊绵，而其中悄悄渗入的仍是那对国家、民族的诗心。有时还泛出隐隐哲思：

> 三重门阁敞清晖，碧殿丹墀对翠微。

路入仙坛孤影静，气通天座百灵归。

秦碑古藓青成字，汉柏神风绿晕衣。

祠令奉高严祀久，不同诸岳倚岩扉。

——《泰安岱祠》

黄河如线海如杯，表里汍汍四望开。

战国曾嫌天下小，登封常见圣人来。

扶桑浴日光先照，匹练浮云首重回。

一片空明尽冰雪，便疑身在九璜台。

——《雪霁登玉皇顶》

猎猎南风拂驿亭，五更牵缆上空泠。

惯行不解愁风水，涧瀑滩雷只卧听。

——《清明早行》

王闿运是一位一生都十分珍惜友情、重视亲情的儒雅文人，高官小吏、贩夫走卒或仆妇农夫，他都一视同仁，尤重布衣之交。他的诗集中有大量与朋友唱和，怀念友人，寄兴妻妾，情深意长的作品。这些作品情感纯真，读之常可叫人泪下。如他创作的《俗言清明下种，农谚云：贫人莫信哄，桐子花开才下种》：

律管春深候不差，老农常是守桐花。

南中屡见清明节，始识农家胜历家。

诗句清新自然，诙谐幽默，带着芬芳的泥土气息。

闿运的诗歌在内容上广泛深入地反映现实生活，在艺术方面的成就也是令人瞩目的。他的拟古之作人称其"杂之古人集中直莫能辨正"，无怪被称为仿古派、魏晋六朝派。其仿六朝五言古诗词采华丽，意境幽远，章法跌宕有致，可说在六朝作品之上。而那些借古题写时事的诗作，除词采华茂之外，更是情辞隐约、内蕴深厚、寄意遥深，不可等闲视之。

近体诗也是闿运的拿手功夫，而且深具唐人气象。如他的七绝，情致深蕴，不刻意求工而自然工丽，有"清水出芙蓉，天然去雕琢"之趣。

王闿运的词作数量远不如诗，多为与友人、家人的唱和之作。一般写羁旅行役之愁、离别相思，很少直接触及时事，但淡淡的愁绪中，却常流露出感时抚事之慨。词笔清丽工致，章法绵丽细腻，感情缠绵悱恻。

1889 年 6 月，王闿运带着儿女作北游之行，暂时住在李鸿章的吴楚公馆。吴楚公馆是李鸿章在天津为自己建的别墅，环境幽雅。李鸿章与王闿运的关系虽说不上是亲密至交，但王闿运远道而来，李鸿章殷勤备至，让闿运和家人住进了新建的公馆。在公馆的院子里，柳树葱茏，夏初刚至，树上鸣蝉叫个不停。听着新蝉不知疲倦的叫声，王闿运心中不禁顿兴时节风物之慨，勾起了满腹心事。于是便写下了《齐天乐·天津闻蝉》：

绿槐凉雨高楼静，凄凄嗽声还咽。楚梦无凭，蜀魂乍返，不记甚时相别。寒吹玉叶。是早日听伊，弄音清切。得意初来，一庭花影送残笛。

如今素秋又接，便孤吟到夜，空伴啼蛩。南国芳华，夕阳弦索，打叠罗衣收歇。西风漫曳。斗惊起离心、玉壶冰热。细算流光，唤人愁第一。

咏物之作可歌咏、描状，可寓理、兴寄，可物我合一、托物言情（志），要写好殊为不易。然而，闿运却视险为夷，留下的此类作品虽不算多，却每作必成佳品。虽是咏物，却"诗心"隐然，读之别有情趣。1883 年，闿运在成都尊经书院讲学，有一次，几位学生入书斋请教诗词创作。其中一位谈到宋末王沂孙的《碧山词》，他说《碧山词》以咏物居多，且隐晦涩滞，看上去千篇一律，难于取舍，求问作咏物词的诀窍。当时王闿运正拿着闪亮的铜制水烟筒吧嗒吧嗒抽着烟。他先是微笑无语，听学生各抒己见，末了，他举着手中点水烟筒的"纸煤"说"咏物分题之所自盛，亦字字斟酌，但不必作耳"，然后以"纸煤"为题，作词《长亭怨·纸煤》一首：

正妆罢、搓胭捣粉。早又拈起，麝煤纤筦。巧削葱根，细吹兰气，口脂晕。酒边茶后，频敲处、微红印。看似碧蕉心，不许展，春风半寸。

香烬。怎知香歇罢，刚被冷苴留衬。殷勤记取，喜罗袖，暗笼低扶。问那日、细写相思，待烧了，成灰教认。莫去点孤灯，长是照人离恨。

作为一个诗人、文学家，王闿运的才能是多方面的，成绩斐然。在晚清，他是别具一格的佼佼者。

二、惟古于文必己出，千古文章忧患心

王闿运擅长诗词，而文章尤为出色。即使史传文他也能写得典雅工丽，其散文更是独领风骚，可以说"惟古于文必己出"了。清代，尤以乾隆、嘉庆两朝为盛，学术上以考据为主流，文学上散文以桐城派盛

极一时。当王闿运在文坛初露锋芒时，正值以曾国藩为主将的桐城派重振旗鼓，王闿运那时对曾氏政治上的相许，按理是应该加入到桐城派的阵营去的。然而，在文学上，闿运却从来不以桐城派所崇尚的唐宋八大家为然。

在文章方面，王闿运历来轻唐宋，蔑元明，非上古三代、秦汉之书不读。因此，他的观点在当时桐城派古文风行的时期未免曲高和寡。王闿运的文章虽然与当时大众所推崇的不一样，但是也有不少支持者。

章炳麟先生赞扬闿运的文章说："并世所见，王闿运能尽雅，其次吴汝纶以下，有桐城马其昶能尽俗。"张舜徽对此解释说："余杭章炳麟，于近世文苑，少所许可，而赞王闿运能尽雅，盖闿运之为文，尚能渊源于史，镕铸陈词，典丽渊厚，在晚清自不多见。"章炳麟之所以推崇王闿运的文章，是因为王闿运也和他一样主张写文章须向魏晋六朝人学习，倡导骈文为文章正宗，倾向于骈散并用。

更值得称许的是王闿运的散文创作。王闿运经历了道光、咸丰、同治、光绪、宣统五朝，逝于民国初年，他的文章自然深深地打上了这一时代的烙印，是一幅全面而完整的社会历史图画。他感时抚事，探究学理，写景状物，发愤抒情，字里行间无不表露出对国家民族命运的关切与焦灼，流露出个人的喜怒哀乐。

闿运文中有着许多叙写时事、针砭时弊的奏疏作品。他生平以纵横家自诩，却郁郁不得志，最后终老江湖。他身处江湖之远，仍然忧国忧民，以儒家传统的眼光关注着时局变化和民生疾苦。"位卑未敢忘忧国"，他穿行于大僚重臣之间，游说呐喊，写了大量奏疏、书、论、议等各种体裁文章，对夷务、漕运、盐政、财税，以及如何平定太平天国等重大社会问题都发表了自己的见解。

闿运《陈夷务疏》《御夷论》《论时事答陈复心问》等文，都论及了"夷务"。这些文章既充分表达了他的政治见解，又充分表现了他的文学主张。文章既言之有物，又言之中的，总关乎社会民生。

《御夷论》分析了外患产生的原因及清廷与外夷交锋总是失败的根源：

> 何以明其势之常不敌也？曰夷狄之患起于我弱，我弱之故生于失政……
>
> 且夫弱，非无兵也，非将怯也，非饷诇匮也，非城之不高、池之不深也。主忘其民，夷始俘之；主弃其地，夷始侵之；主忘武备，将帅败之；主忘求贤，谋虹乱之；无幸敌弱，彼必有余；无问寇浅，内必尽虚。

文章将批判的矛头直指最高统治者，犀利而又切中要害。

《陈夷务疏》中，王闿运以为"安危之计，天子所与庶民共者也，未有君忧而民乐，下荣而上辱者也"。他认为"今日之急，皆虑夷务"，指出道光、咸丰两朝议政诸臣缺乏长远的目光，在对待洋人的问题上犯了一系列的错误："始则绝之太严，待之太倨；继则让之太甚，讳之太深。"在他看来，洋人来中国不能叫作边患，他们的目的只是求互市通商，只要"通商如故，则中外相安，浑然一家"。

王闿运以批判的眼光审视、评议时政，不乏真知灼见，语言泼辣，痛快淋漓。他的《与曾侍郎言兵事书》批评政府机构的臃肿和官吏的腐败："县必数局，局必数十人"，官吏们尸位素餐，"一闻寇至，各鸟兽散"，平时"每议一事，先问权贵""不问能否，不恤民怨"，结果"公局愈兴，民困愈崇""倒置是非，黑白不明"，一针见血地揭露出官吏们依恃权贵、鱼肉百姓的卑污行径。

同样，由于传统知识和价值观的局限，闿运的文章有时不仅语不中的，而且颇为谬误，与时代潮流相逆。比如《陈夷务疏》中他说：

"火轮者，至拙之船也；洋炮者，至蠢之器也。"

今天读来，闿运这些言论未免有些可笑，盲目否定西方的技术文化，又夜郎自大，这正是当年闭关锁国所造成的。闿运患的不过是时代通病，当国者难辞其咎。

除了政论、疏义之外，王闿运文集中也有相当数量写景状物、抒情写心的上乘之作，称得上是美文，如他的《到广州与妇书》《秋醒词序》《思归引序》等。

闿运既关心世务，又"能以逍遥通世法"，不为世务所累；既向往济世，又能出世。无论在什么样的环境中都能做到豁达自处，我行我素地生活：赏爱自然之美，珍视亲情友谊，品味人生境遇……丰富的题材，深切的感受，真挚的情怀，使他写出了许多美不胜收的抒情文章。

1858 年，他 27 岁时写了《秋醒词序》：

戊午中秋既望之次夕，余以微倦，假寐以休。怀衿无温，憬焉而寤。方醒之际，意谓初夜；倾听已久，乃绝声闻。揽衣出房，星汉照我，北斗摇摇，庭院垂光。芳桂一枝，自然胜露；秋竹数茎，依其向月……

中秋之夜恬静清幽、阔远空灵。星汉灿烂，北斗星在天空闪烁，庭院里笼上皎洁的清辉，桂花初绽，香气袭人，修竹林立，默然向月。这样的氛围中，王闿运借秋夜景物抒怀：

嗟乎！镜非辞照，真性在不照之间；川无舍流，静因有不流之体。然则屡照足以疲镜，长流足以损川，推移之时，微乎其难测也。且齐有穿石之水，吴有风磨之铜，油不漏而炷焦，毫不坠而颖秃，积渐之势也。笋一旬而成竹，松百年而参天，迟速之效也。人或以百年为促，而不知积损之已久；或以耄期为寿，而不恹我之无多。是犹夏虫之疑冰，冬鹳之忌雪也。一年已来，偶有斯觉，未觉之顷，相习为安。况同景异情，觉而仍梦，庸不得即机自警，依影冥心者哉？于斯时也，从静得感，从感生空，意御列风之是非，乘轩云而升降，接卢遨之汗漫，入李叟之有无，犹陈思之登鱼山，茂陵之叹敝屣也。

作者在万籁俱寂的秋夜，从流光、芳桂、秋竹、清露、虫语，万物机趣中品味其中蕴涵，顿悟人生哲理。

1861 年，王闿运从湖南去广东，沿路的风光让他流连忘返。他不禁要将这一切旅途见闻都写入与妻子梦缇的信中。于是，就有了被人传诵一时的《到广州与妇书》：

吾自度揭岭，日远故国。下滩乘泷，并值冬涸，川石露列，溪流清弱，泷船柔脆，篙师狞拙。自平石至乐昌，乃昔迁客涕泣惊怖之地。凡有六泷，郦道元所谓"崖壁干空，交柯晦景"者也。泷原由漆入洭，汉桂阳太守周昕疏凿巨石，始通舟楫。旧有祠祀昕，今惟祠祷韩愈。素湍激雪，风涛凛厉；估舟惊望，叹若天堑。然观其水势，浅狭殊甚。徒极奔溅之状，实无浩淼之奇。

文章写途中见闻，描绘水光山色，叙述风俗人情，抒发个人独特感受，沿途掌故信手拈来，舒卷自如，文采华美，有若鲍照的名作《登大雷岸与妹书》，又可媲美于郦道元的《水经注》。

王闿运文集中还有不少碑志铭状。张舜徽曾评价这类文章说：

是集八卷，后四卷皆碑志传状之文，亦以此类为最工。观其为达官显宦撰碑传，尤简严有史法。如卷七彭玉麟行状，在集中最为长篇，而其末乃以数语结之曰："公功绩昭著，其在乡里行谊，可敦薄立懦。嘉言奇行，不可胜纪。今掇其落落大者及外所不知，次为一篇。"此等处非大手笔而具史裁者，曷由措词紧凑至于如此。

——《草堂之灵》卷二

其实，王闿运所作的彭玉麟以及其他人物传记，除了章法紧凑，用笔精工之外，还在于记叙人物时，善于从独特的角度刻画，选择独到的视角，寥寥数笔，使人物形神俱出。这正表现了他的文学匠心。他在《赠太子太保兵部尚书世袭一等轻车都尉刚直彭公墓志铭》中写道：

公承先德，功位煊隆，行状登于国史，勋绩纪于赐碑，薄海周知，固无述矣。爰起孤幼，有志功名，及履崇高，超然富贵。然其遭际，世所难堪。始则升斗无资，终则帷房悼影。但耻于侘傺，一从豪宕，吴音楚服，炯然冰映。其用兵也，众所疑议，飘然赴之；其辞官也，人所咨趄，倏然去之。常患咯血，乃维纵酒。孤行畸意，寓之诗画。客或过其扁舟，窥其虚榻，萧寥独旦，终身羁旅而已。不知者羡其厚福，其知者伤其薄命，由君子观之，可谓独立不惧者也。晚遘海氛，起防南越，自谓得其死所，乃复动见扳缠。因积悲劳，加之瘴毒，重感末疾，遂以沉弥。

彭玉麟地位显耀，战功赫赫。王闿运给他写墓志铭不从正面叙述功迹，以"薄海周知，固无述矣"宕开，从彭艰辛苦痛的遭际，对富贵利禄的态度中突出其高标傲世、独立不羁的人格。彭玉麟擅画梅花，闿运笔下的他能使人想起历经风雪严寒、傲霜斗雪之寒梅。彭的一生就像"驿外断桥边，寂寞开无主，已是黄昏独自愁，更著风和雨"的梅花。这种写法不仅避免落入饾饤事功的俗套，而且在铺叙中满怀深深的婉叹和赞美之情。读之直欲泪滴，墓志铭写到了这个份上，堪称世所罕见。

王闿运的学生杨钧也特别推崇老师的墓志，赞扬说："湘绮之文，墓志第一。数千年来，碑志未分，凡为一体。湘绮崛起，体格判然，峭妙轻灵，难于踪迹。"

王闿运为人写传时，也总是要在笔下通过写人的一生显示出深刻的社会内蕴。他文集中《陆建瀛传》就是这样写的：

清兴已三百载，海内无事，士大夫靡然尚文藻，贵科第。直省督抚，连地数千里，居处服御，富贵过古诸侯远甚。自天子所向用，尽文学侍从之臣，更出居其职。而两江总督为尤重……天下财利最大者三事：所谓盐、漕、河者也……陆皆集于一身，而有成效。及受钦差大臣印办贼，自将三千六百人，结果江宁城破，死之。一败不振，东南事大坏，中外交訾之……而江南亦遂残破，所谓繁丽浩穰者，数千里荡焉。

建瀛，字立夫，湖北沔阳人。以翰林侍读学士出为两江总督。太平军兴起时，陆建瀛率领部队到了九江，企图拦截起义军，却一战即败。王闿运写陆建瀛，主要通过他的个人遭际反映清政府官场积习：重用文学侍臣，且平时养尊处优；一旦猝然事变，便束手无策，只能坐以待毙，溃不成军。由此观一叶而知秋，窥一斑而见全豹。为人写传向来多为赞美之词，而他写传却重抨击官场积弊。王闿运写传不正是一种春秋笔法么！

总之，王闿运在传记文中善于反映清代末年社会现实真貌，具有重大的社会历史意义。他的文集中为数众多的笺启、诗文、序跋及论学小品，往往熔文学、历史、学术、哲理于一炉，篇幅自由、长短不一、轻灵隽永，如《论由乞》《孔子生日考》《论狂狷·示宋芸子》等篇，挥洒自如，融今铸史。

闿运文集中还有大量记学论文和阐发义理的作品。他的《周易说》《尚书笺》《诗经补笺》《论语训》《庄子说》《墨子注》等十余种学术著作，反映出他博通经史，兼采古今。

闿运将学术、艺术熔于一炉，文中理趣与情趣兼具，虽是学术专论，但却进入了文学艺术审美的领域。有清一代像他这样满怀忧患意识又具有多方面才能，并得到发挥的人物并不多见。说他是一代奇才，实不为过。

三、妙语说诗传南北，只眼独具论古今

命运真是多舛。王闿运最心疼，并认为能传他衣钵的是第二个儿子代丰，而偏偏就是这个心爱的儿子在 1881 年因病客死四川。1882 年那年正月，闿运强忍悲痛，亲自护送代丰的灵柩回到湖南。刚刚步入知天命之年，遭此丧子之劫，王闿运干什么都觉提不起精神，除了偶尔会一会友人，散散心以外，觉得一切都了无意趣。

雪上加霜的是，原来自认为有司马史笔并引以为自豪的《湘军志》这时也大遭非议。一气之下，他将已出的书及刻版统统交给郭嵩焘，让他去销毁，想着自己多年来的心血转眼就化成灰烬，王闿运心中真有说不出的难过与痛苦。

没想到二月初，闿运又得老朋友邓弥之的来信，告诉说大女儿王无非病重。王无非从小聪慧，能诗善画，他视之如掌上明珠。嫁给弥之为儿媳后，才名德声常常自武冈传来，他心里好不欣慰！现在忽听她病重，他心焦如焚，立即命人租船星夜前往武冈。

夜雨潇潇，北风呜咽。为了转移自己的情绪，闿运在颠簸的舟中诵读《楚辞》。自少年时代开始，他每逢心情不畅快，便诵读《离骚》，几十年来已成了习惯。在淅淅沥沥的雨声中，他觉着自己和"路漫漫其修远兮，吾将上下而求索"的屈子是那样的息息相通。小舟在风浪中飘摇不定，王闿运也随着心潮翻涌。

思绪将他引向往日。他忆起寓居衡阳石门时，与非女、功儿、丰儿一起轮流诵《离骚》的情景，儿女们欢畅的声音仍历历在耳。那时，聪明伶俐的非儿总是要抢先背诵，功儿持重，诵读最慢，丰儿吟诵时煞有介事，沉咏其中，最像自己平时的模样……而今，亲人们却逃不脱死生大限。那欢乐的日子，一如掌中小鸟，当你感受到它，想让它停驻时，它已悄然飞逝了，回想这一切，王闿运不禁潸然泪下。

2 月底，经过舟轿之劳，闿运到达了武冈邓弥之家，弥之快步出来相迎，外孙女也欢快地奔上来迎接外公。亲友久别重逢，自不免一番唏嘘感叹。

住在邓家，王闿运却闷闷不乐。女儿的病无时无刻不煎熬着慈父的心。一大早，王闿运到园中散心。争奇斗艳、姹紫嫣红的牡丹不堪风雨，已零落殆尽，满地都是凋零的花瓣。闿运轻轻地拾起沾着露水的一片娇柔，回想早几天自己刚来的时候，牡丹花才开了一朵。妍美的花儿尽情绽放，转眼间，便香消玉殒。身患沉疴的女儿，她那生命的光焰，也在渐渐弱下去，多像这飘零的牡丹啊！

红颜未老，一朝春尽……闿运不忍再想下去，刚刚承受了丧子之悲，眼睁睁看着女儿又弥留病榻，自己却无力回天，怎能不肝肠寸断！

这时，弥之走过来，他不忍打扰老友，只是揽着他的肩膀说："寒气太重，回屋去吧。"为了让老友的心情开朗起来，弥之将话题引到诗词上，这才使闿运的心事渐渐移去。

王闿运回想这些年来，读明代及国朝诸诗人作品，曾有不少感受和看法，一直压在心中。何不趁这机会写出来，一来可以借此散散心，另外也能与老友切磋。于是他效仿金代元好问，写了十四首《论诗绝句》，对所读诗人一一点评，颇有些旁若无人地放怀纵论：

（一）

裁剪苏黄近雅词，略加铅粉画蛾眉。

犹嫌俗调开元派，传作明清院体诗。

王闿运认为元好问效颦"苏黄"，"略加铅粉"反弄巧成拙，一派俗气，又斥其影响了后来的元诗风气。而明清俗物仿此而作，专事雕琢又脱离现实、不堪卒读的"院体诗"，更是贻害无穷。元好问是金代一个面向现实的优秀诗人，因他批判过齐梁诗风，与闿运的崇尚六朝正相对立。王闿运对他如此评说，虽也不无道理，却有失公允。

（二）

青田跌宕有齐气，季迪风流近六朝。

开国元音分两派，古琴天籁始萧萧。

王闿运对明初"开国元音"的两个代表人物福建青田的刘基、高启很欣赏。这是因为他们一个"跌宕有齐气"，一个"风流近六朝"，两人都有六朝风韵，这正暗合了闿运心中对六朝诗文的倾慕。

（三）

何李工夫在七言，却依汉魏傍高门。

能回坡谷粗豪气，岂识苏梅体格尊。

何景明、李梦阳也在阊运的肯定之列。两人均为明中期前七子主要成员，他们倡导的文学复古运动主张隔断同宋代文化主流，特别是理学的联系，诗文要求"高格""文必秦汉，诗必盛唐"，且主张古体诗以汉魏为楷模，这些主张与阊运的大致相同。他们的诗作虽然"功夫在七言"，不似阊运所喜爱之五言，但因其能"依汉魏""傍高门"，故能一扫有宋以来的粗豪之气，所以值得赞赏，只可惜对体近六朝的苏舜钦、梅尧臣缺乏足够的认识，未能学取。

（四）

李杜中兴宗派亡，翰林终是忆欧阳。

西涯乐府成何调，琴里筝声枉擅场。

对明初茶陵派模拟李杜而少有创造，阊运是不甚赞赏的，所以对茶陵派的魁首李东阳持贬斥态度。对他在台阁体诗风的笼罩之下，敢打着复古的旗号，提出宗唐学杜的口号，改变当时诗坛严重脱离现实的倾向，引发明中叶前七子改变台阁体诗风的文学运动起过的积极作用，阊运却没有看到，似有失公允。

（五）

七子重将古调弹，潜挽唐宋合苏韩。

诗家酿蜜非容易，恐被知音冷眼看。

王世贞和李攀龙是明后七子的重要成员，其诗论主旨也是法古，与李梦阳一样，文崇汉，诗法唐宋，并尤为看重苏黄。《明史·王世贞传》甚至说他病重在床上还拿着《苏子瞻集》"讽玩不置"。王、李由于极力仿古，作品大多令人难以卒读。所以，轻视宋诗、看好六朝的闿运对他们是"冷眼"相待的。

（六）

青藤市语亦成篇，便作公安小乘禅。

雅咏何堪浇背冷，桂枝谁许乞人传。

袁宏道是明万历年间公安派的代表人物袁氏三兄弟之一。诗作不少，其文学主张受徐渭、李贽、汤显祖的影响，反对前、后七子的拟古主义，主张"独抒性灵，不拘俗套"，张扬个性。这些主张与王闿运是大相径庭的。所以，这首诗中，他对袁宏道语多讥讽，既讽其所师徐渭的诗为"市语"，又贬公安派诗为"小乘禅"，内容肤浅，是既不能起"冷水浇背"作用，也不能登大雅之堂的作品。闿运的这些看法不无道理，却也夹杂着明显的偏见。

（七）

摘字拈新截众流，只将生涩换雕锼。

若从鼠穴寻官道，犹胜斋官兔棘猴。

竟陵派在反对仿古、崇尚性灵方面与公安派是一致的，却不满于其末流的空疏浮泛。但是钟惺与谭元春却并无新招，王闿运认为他们"摘字拈新"，不过是另将"深出孤峭"的"生涩"取代公安末流的"雕锼"，其品位反在其下。清初朱彝尊在《明诗综》里也批评他们"枭音鴃舌，风雅荡然"，闿运的批评是很有道理的。不过，将其全盘否定，似失公允。

（八）

天骨开张似李何，只缘遭乱得诗多。

亭林破帽孤吟苦，未比翁山斫地歌。

"岭南三家"是清初颇有影响，且以傲骨著称的杰出诗人。其共同特点是"民抒性灵，自开面目"，但风格各不相同。屈大均（翁山）、陈元孝（恭尹）两人在内容上颇多故国之思，表现了强烈的民族意识；而梁佩兰虽不满现实，归隐故乡南海，毕竟曾入仕清廷，抗争意识不如屈、陈，所以其诗确实"未比翁山斫地歌"。这些诗人身处明清之交的"乱世"，所以诗多汉魏乏音，主要如屈翁山《壬戌清明作》所说"朝作轻寒暮作阴，愁中不觉已春深。落花有泪因风雨，啼鸟无情自古今。故国家山徒梦寐，中华人物又消沉。龙蛇四海归无所，寒食年年怆客心"，确是慷慨悲凉之音，在艺术上也如沈德潜《清诗别裁集》所称："翁山擅长五律；药亭擅长七古，几无与抗引者；元孝诸体兼善。"这些均与闿运之所好相近，与明前"七子"遥遥相应，所以王闿运对他们持肯定态度。

（九）

江谢遗音久未闻，王何二李枉纷纷。

船山一卷存高韵，长伴沅湘兰芷芬。

王夫之是明末清初颇具民族气节的诗人，又是一代哲人、学人，对经学造诣甚深，其《尚书引义》等治经著作对闿运启发颇多。因其发于乱世，抗清失败后，隐匿深山荒野大半辈子，忧愤积郁，诗歌多追怀往事、感慨生平，并且渗透着强烈的抗清意识、悯民情怀，格调古雅、高亢，闿运甚为激赏，给予极高的评价："船山一卷存高韵，长伴沅湘兰芷芬。"在他所有十四首《论诗绝句》中，这是唯一未有微词的。

（十）

爱博休夸秀水朱，虞山绝句胜施吴。

试将诗综衡诗选，始识词家大小巫。

钱谦益（牧斋）是明末清初的文坛主将，世人认为其放浪形骸、党附权奸，并以明尚书之高位而率众降清，丧失民族气节，为时人所不齿。但他的诗却"托旨遥深，味浓而色丽……晚乃蝉蜕简栖，心空昧外"，其文"阗肆奇恣，经史百家，旁及佛乘，悉供驱使……"。晚年诗常表露怀念故国，常怀恢复之心。朱彝尊是清初诗人，尤擅作词，为浙西词派创始人，其词"句琢字炼""削刻隽永"，清秀婉丽，耐人寻味，但境界不高，内容常流于空泛，且伤于纤弱，过分追求形式。闿运这首诗对两人的评价既符合事实，也击中了要害。

（十一）

长庆歌行顿挫声，格诗韩赵亦风清。

从来一艺堪头白，莫筑刘家五字城。

吴梅村是明末清初颇有影响的诗人，与钱牧斋、龚鼎孳并称为"江左三大家"，今存诗千余首，颇有大家风度。其诗常寓兴亡之感，黍离之悲，感慨苍凉，为人所称颂。其借事抒情之作，独具一格，人誉之为"梅村体"。其广为后人传颂的《圆圆曲》委婉曲折，寓意遥深，诗中"恸哭六军皆缟素，冲冠一怒为红颜""妻子岂应关大计，英雄无奈是多情，全家白骨成灰土，一代红妆照汗青"尤为动人。所以王闿运说其诗"长庆歌行顿挫声"。王士祯为清初诗人，神韵派创始人。其神韵说影响甚大，《四库全书总目》称"天下遂翕然应之"，对矫正明代前后七子、公安派、竟陵派和清初"读诗者竞尚宋元"的弊病起了重大作用。也擅长长庆歌行，其《南将军庙行》颇为悲壮。近体诗刻求神韵，也颇为人称道。其七言《雨中度故关》"危栈飞流万仞山，戍楼遥指暮云间，西风忽送潇潇雨，满路槐花出故关"，既有阳刚之壮美，又有阴柔之优美。联系闿运自己一生爱作五言，自以为称绝，到头来却发现也不过平平，"余学诗七十年，不敢作七律而颇作五律，取其易成格与。20年前梦邓弥之，论余诗五律不过平稳而已，梦中甚愠，醒而思之，余五律实不如邓……乃知五律之不易为也"。后两句也包含了对自己的客观评论，即使是自诩为"五言长城"的唐代刘长卿的诗也被高仲武《中兴间气集》评之为"大抵十首已上，语言稍同，于落句尤甚，思锐才窄"，所以"莫筑刘家五字城"，应是王闿运的切肤之叹。

（十二）

明代馀风渐寂寥，愚山诗格尚清高。

王吴未免多时调，谁共成连听海潮？

明代诗风早期追求个性进取，表现城市生活的欢快与隐逸，是元末余绪的延续，自高启等关中派诗人被诛以后，便转以歌功颂德、粉饰太平为基本内容，在艺术上僵化平庸，缺乏生气的"台阁体"盛行于世；中期则是前七子李梦阳、何景明等人的标举复古，"倡言文必秦汉，诗必盛唐"（《明史·李梦阳传》），反对"台阁"诗风，却又盲目崇古，缺乏创造性，后七子李攀龙、王世祯等人效前七子李梦阳、何景明复古而尤甚，诗作一味学古拟古而少有生气；后期公安派作为前后七子拟古主义的反对派而出现，标举"独抒性灵，不拘格套"，给文坛带来一股新风，但作品题材狭窄，内容多为闲情逸致，贫乏空虚；继起的竟陵派与公安派一样，反对摹仿，崇尚性灵，内容更为冷僻，形式主义更为严重。在拟古主义与反拟古主义的长期斗争中所形成的明代诗风余波未尽，直到清初才渐次"寂寥"。施愚山的诗打破了明末脱离现实生活，追求闲逸与冷涩的诗风，写出许多诗格"清高"的动人诗篇，令人耳目一新，既有如《舆夫行》那样关心民间疾苦的作品，也有如《雨宿坛院》"微雨洗山月，白云生客衣"颇具王孟诗境的篇什。较之王渔洋、吴梅村的"时调"更显"清高"，还有谁同他一起像春秋时音乐家成连那样去海上听海水激荡之声，受自然乐调的熏染，以达到至高的意境？闿运对体恤民情、诗作"锵然而金，温然而玉"的施愚山是颇为赞赏的。

（十三）

见说兰陵三酒狂，各将奇句咏苍茫。

谁言此事非关学，廉卉堂高压两当。

清乾嘉年间"毗陵七子"中的孙星衍、洪亮吉、黄景仁有诗才，诗酒为友，诗酒为乐。孙诗"气清才奇笔超"，洪诗"奇气喷溢"，而黄诗则被袁枚在《仿元遗山论诗》中评为"中有黄滔今李白，看潮七古冠钱塘"。他们的诗多有悲凉之气，所以闿运评说"各将奇句咏苍茫"。但三人都各有长短，在学养深博的闿运看来，诗才关乎学问的深浅而不只是才华，例如有《两当轩集》行世的黄景仁诗名虽大，其诗却不如经学修养颇深的孙星衍诗高妙。后者"压"过前者，这显然是闿运"惺惺惜惺惺"的偏狭见解。诗才虽与学问相关，但更为直接影响诗才的还是诗人对生活的独特感受，平心而论，黄景仁的诗绝不在孙、洪之下。他家境贫困，苦学出身，地位不高，比较贴近生活，诗免不了写个人的遭遇较多，所以诗歌凄怆幽怨。学太白却不可能有太白的旷达豪迈，但这并不影响他的诗歌别具一格，其七言诗尤甚，是三人中诗名最大、成就最高者。闿运以其学不如孙、洪而压低对黄的评价显然是失之偏颇的。

（十四）

酬应诗中别一家，元明唐宋路全差。
无人肯咏干蝴蝶，犹胜方家冻豆花。

袁枚、蒋士铨、赵翼被称为"乾嘉三大家"。三人的诗风相似，以袁枚为主。袁枚是性灵诗派倡导人，三人都是江南人。袁枚，浙江人，著有《小仓房诗文集》《随园诗话》等，他主张写诗要有个性，风趣，要有真情实感，反对滥用典故。蒋士铨，江西人。他也认为诗要有独创性，不能一味模仿前人。赵翼，江苏人，论诗同样注重性灵。他的作品题材丰富。有的隐喻对社会的批判，有的阐述清新的哲理。总之，他们三人总体都是反对滥用典，"无人肯咏干蝴蝶"，主张创新，有自己的个性，"犹胜方家冻豆花"。

从这些评论可以看出，闿运不独诗、词创作成就非凡，也是一位只眼独具、出言犀利的诗评家。评论也表现了他一贯的不谀不阿、不屈于俗论。《论诗绝句》送给老友过目，弥之读了，频频点头，心中深服其论。

王闿运在衡阳讲学时，各地来学习的人不计其数。陈兆奎与杨度、夏寿田同肄业于书院，他从闿运游学十余年，收获很大，将老师解答弟子疑难的有关论说记录整理，仿《郑志》而取名为《王志》。其文集中《王志》部分篇章涵括了闿运的文学主张和文学思想。这里略举几例，以从另一侧面一窥作为文学家的王闿运。

一次，几位学生一同来到闿运书斋问学，那正是桃花盛开，落英缤纷的时候。艳艳春色不肯沉寂，偶有一枝斜逸入窗棂，有学生看着嫩绿桃叶恭问闿运："今之为文或近于桃之开落，盛衰有时？"闿运颔首道："是的。"然后仔细为学生们分析道：

> 文有时代而无家数。今所以不及古者，习俗使之然也。韩退之遂云："非三代两汉之书不敢观"，如是仅得为拟古之文，及其应世、事迹人地全非古有，则失其故步，而反不如时手驾轻就熟也……

文学是时代精神与社会生活的折射，随着社会的变化不断地向前发展，不同时代的文学浸染不同的时代特色。刘勰曾说"文变染乎世情，兴废系乎时序"。倾心于六朝文学的王闿运自然也看到了时代变化对文学创作的深刻影响，认为文章存在着古今雅俗的区别，完全是由时代变迁决定的。这无疑是正确的。

另一次在与学生陈完夫论文时，他又进一步阐明他的观点：

> 自作赋外，言今事辄有今意，意今则语凡。记述之文纯是今事，今人言语意趣皆异古人……不学古，何能入古乎？古之名篇乃自相袭，由近而远，正有阶梯。譬之临书，当须池水尽墨，至其浑化，在自运耳。晋之行草大抵相类，汉魏之文约略大同。知此，可知学古矣。

这番宏论有今不如昔的文学"退化论"之嫌，但也不乏灼见。倡导学习名作、刻苦磨炼，主张"临书"须待"池水尽墨"才能臻于艺术至境，"临书"不是复古，而是提高艺术素养的必经之途。"今人言语意趣皆异古人"也是的论，不能一概视之为复古。与一般传统的复古主义者不同，王闿运"好文而不喜儒生"，这从他年轻时期就将自己的居室名为"湘绮楼"也可以看出：

湘绮楼者，余少时与妇同居之室。时所居无楼，假楼名之。家临湘滨，而性不喜儒，《拟曹子桓》诗云："高文一何绮，小儒安足为！"绮虽不能，是吾志也。

可见，闿运反对宋明以来理学家们文以载道的主张，而与魏晋六朝人的做派相接近。他倡导复古是基于对"今"的鄙视，旨在追求淳雅的美学理想，并非逃离现实。他的作品早已证明了这一点。他在《论文法·答陈完夫问》举例说明文章古今雅俗的区别：

时代区分古今，遂有雅俗也。"帝曰俞"，"制曰可"，"旨依"，"知道了"，其用一也，而岂可同乎？今欲改"知道了"为"俞"，则愈增其丑，以"了"字入文，则必不可行。以此推之，他可知矣。故尝谓文无家数而有时代。一代之语，不可仿古，要须择其雅言也。

由此可见，闿运心目中的古今雅俗，实际上就是古雅今俗。他在给学生答疑时一再这样强调："一代之语，不可仿古"，这是就客观而言。但他又具体说明这仅是对诏令、奏疏、告谕等应用文体而言，应用之文务求通俗、晓畅，故应用当代通行语言撰写，不可仿古，否则将不伦不类。而词赋、文谏、论议、铭记等文体，则愈古愈工，愈古愈雅。

汉魏以前的文章是闿运心目中淳雅之文的典范。他认为中国古代散文文体的发展流变可归结为两大门类，两条途径。学生陈深之向先生请教文体单、复的有关情形时，闿运在《论文体单复·答陈完夫问》中很详细地回答了他："古今文体分单、复两派。盖自六经已来，秦汉以后形格日变，要莫能再创他体也。"认为骈散二体交互影响，各有沿革，各具特色，只要运用得法，可以各臻其妙：

单者顿挫以取回转；复者疏宕以行气势；貌神相变，即所谓物杂故文也，《国策》《史记》贾、晁、向、操诸人能用单，《国语》、班书、东汉以至梁初诸家之善用复。不能者，袭其貌，单者纯单，始于北周，而韩愈扬其波，赵宋以后奉宗之，至近代归、方而靡矣。复而又复，始于陈、隋，而王勃等淈其泥，中唐以后小变焉，至南宋汪、陆而塌矣。元结、孙樵化复为单；庾信、陆贽运单成复，皆似有使转，而终限町畦，卒非先觉，反失故步。故观汪中、恽敬、袁枚之徒，体格无存，何论气韵；其余如魏、候之纪事，乃成说部；洪、吴之骈丽，不如律赋；兹非学者之戒欤？

王闿运将中国古代文体的发展娓娓道来，如数家珍，了无遗阙，在评述中对唐以前的散文时，他基本上持肯定态度，尤其推崇汉魏以前的文章。

王闿运所处时期，正是中国文化处于由传统向现代急剧转型的历史阶段，文学也开始由古典向现代演变，资产阶级改良派和革命派相继登上文坛，鼓吹文界革命、诗界革命和小说界革命。他们或广泛吸取西方先进的思想观念，提倡中西文化与文学的结合；或走向民间，致力于大众文学的创作，企图通过文学唤醒民众、改良政治、重铸民魂。

王闿运从少时起便受正统的儒家教育，尽管他在文学上向往"高文一何绮，小儒安足为"，但思想上与文学进步观念格格不入，仍然固守着传统文化与文学观。当时传统文学领域充斥的是复古思潮：诗歌创作或宗唐，或臬宋；散文上，清中叶以来一直处于桐城派的阴影笼罩之下。一些人出于对桐城派的不满，立骈文以自异，掀起文体上的骈散之争，但这并未从根本上改变桐城派独霸文坛的局面。

王闿运狂傲的个性决定了他不甘屈居人下。他渴望突破宗唐臬宋和桐城派的樊篱，但他自身的思想局限决定了他不可能找到一条冲破罗网的正确道路，只好复古以抗新。对于千百年来中国封建礼法制度和价值观念他笃信不疑，却不盲目媚俗，侈谈性理，对道的理解与唐宋以来的道学家和古文家迥异，其思想及个性倾向于战国时期的纵横家之流，这决定了他既不可能像循规蹈矩的"小儒"那样囿于文以载道的传统模式之中，也不可能走向文学改良或革命的阵营，只能陷入复古的泥沼中不能自拔。他所竖起的汉魏六朝派的大旗，只是为了以此标新立异，证明自己的不同流俗而已。

较之前后七子和历代其他文学复古者，王闿运在复古的道路上甚至走得更远，观点更偏激，所划定的学古门径也更为狭窄，对学古拟古的要求也更为苛刻。他在为学生张正旸解疑时所立的学古文之规定，在今天看来就像是戴着镣铐跳舞：

故知学古当渐渍于古，先作论事理短篇，务使成章。取古人成作，处处临摹，如仿书然，一字一句，必求其似。如此者，家信账记皆可摹古。然后稍记事，先取今事与古事类者比而作之，再取今事与古事远者比而附之，终取今事为古所绝无者改而文之。如是非十余年之专功不能到也。

闿运将自己学文的心得告诉学生，他认为学古拟古必须从"意"到词，先死后活，循序渐进，然后达到随意行文的自由境界。

从本质上说，王闿运是始终不渝的复古派，但他认为魏晋文学是真正文学的起点，认为文学须摆脱政教的束缚仍有一定的进步意义。总体而言，他在文学上的主张不无可取之处，却仍不过是末代余晖的一瞬，使人徒生留恋，终免不了衰落的命运。个人遭际没能使他走出时代的局限，使得这个文学天才终于没有取得更多的辉煌。但他的作品折射着时代风云，凝聚着平生意趣，有着很深的艺术功力，可知音寥寥。

四、一年一度七夕祭，耄耋不渝少年情

在王闿运的作品中，他的七夕诗词值得一提。从 15 岁起，每逢七夕，他几乎都写绝句一首，一生中共写了 61 首。他的七夕诗词，有着家国兴亡之感，平生游处之迹。

王闿运 15 岁时写了第一首七夕诗。因叔父到应州任县书记之职，他从游求学不便，在杨家花园居家侍母。此时的他处境艰难，求学借书都很困难。七夕时，听雨点滴在空阶，增添阵阵寒意，初涉词章诗句的王闿运有感于自己的处境，便写下了：

十五痴吟天路干，杨园秋夕雨声寒。

卅年堂背鸣机断，谁念牵牛孝养难。

转眼年近弱冠，才华出众、少年得志的王闿运开始对个人感情有了朦胧的体味，而七夕牛郎织女相会的美丽传说成为他寄寓青春情感恰到好处的载体：

试拈银管咏牵牛，便有盈盈脉脉愁。

白面鸦鬟俱十八，画屏相看两娇羞。

在王闿运的少年时代，曾经心仪于左氏女，但是左氏女已经先许配给一个姓程的人家。阴差阳错间，让他只得在心中空留盈盈一水间，脉脉不得语的遗憾。

第二年，王闿运在朋友丁果臣的媒说之下，取了蔡氏作为妻子，他于是写下：

六岭归来懒赋诗，却劳南羽赠文姬。

谁知乌鹊桥边路，更有蜘蛛屋角丝。

王闿运娶蔡氏为妻，左氏女孩却在这一年病亡。望着夜空里含情脉脉相守的牛女双星，王闿运觉得姻缘全在一个"缘"字。

1849年，沅澧大水，灾民数以万计，滞留省城，城中官民以粥或米汁救助他们，因为缺乏回家的路费，灾民们只得露宿街头。而当年在省里的科举考试中，谭文勤、刘武慎最为显达。王闿运在这年的七夕诗中将这些都反映出来：

驿步门横江汉潮，哀鸿嘹唳怨凉宵。

诗人总不干闲事，坐看谭刘夺锦标。

王闿运23岁时，正是意气昂扬、愿为国家效力之时。这年，太平军驻扎在靖港，攻破湘潭。曾军屯于省城外，王闿运在军中辅佐曾国藩。面对这种形势，他赞同陈隽丞攻太平军上游之计，曾国藩采取折中办法，兵分两路，结果依王闿运一派主张出兵的塔齐布在湘潭大捷，而曾国藩所带的一路却兵败靖港，曾国藩到了几乎要自杀的地步。

6月，曾军东下，有人在曾国藩面前进谗言，王闿运也未作解释。不再效力军中，仍回到吉庆街宅，间听鹤唳、观花赏月，这年七夕，他写道：

锦弯才得定风波，玉簟清秋奈乐何？

便与洞庭翻战血，只携素手看星河。

这首诗道出了战事的惨烈，自己英雄无用武之地，在七夕只能与妻子携手共赏清丽秋光、共观星月的情形。

1855 年，王闿运在武冈邓弥之家教馆为生，与母亲和妻子分离。其时，武昌复陷了，曾军水陆隔绝，各自成军。应湖北地方长官之邀王闿运呈五利五害之建议至曾国藩处，提议曾军回屯到汉口。但据说曾国藩将信扔在一边，不予理睬。王闿运在这年的七夕诗中就写出了当时的情景：

> 五策难回汉口军，盈盈一水便瓜分。
>
> 东南已是无耕织，独自驱牛种白云。

1857 年，王闿运仍在武冈。又到牛女相聚的日子，相较于天上幸福相随的双鸳，夜月窥人时，志存高远、"非梧不栖"的王闿运也不免有怀才不遇的感叹：

> 佳期秋信意绵绵，不羡鸳鸯却羡仙。
>
> 一角红墙二分月，至今桐树在门前。

1864 年，王闿运在广州纳妾莫六云，南方风俗，七夕这天通夜宴游。两人也依南方风俗，坐在旅居的小院里饮酒赏月。美酒佳人给王闿运惆怅的心带来许多安慰。而曾军打败太平军的消息也在他回韶州的途中传来。他自认自己当前的逍遥生活比起"七月七日长生殿，夜半无人私语时"也毫不逊色，回想年来生活，他写下了回忆那段美好时光的诗：

> 珠江七夕最繁华，争送槟榔满月茶。

迎路红旗闻喜处，燕栖重到莫愁家。

1870 年，已年近不惑的闿运准备嫁大女儿无非。这年七夕，妻子梦缇前往长沙替女儿办嫁妆，家里十分冷清。好友半山来访，王闿运惊喜相迎，对生活也就多了几分感慨：

牵牛初知嫁女难，闺中人少桂枝寒。

凉宵独坐忘更短，不道双星好卧看。

如果子女们成家立业，各自过着幸福安乐的日子，倒也罢了，偏偏命运多舛，1881 年，二儿子代丰病逝，1882 年，大女儿无非病卒，1886 年，四女儿纷也夭折。他们几个都是王闿运的至爱，白发人送黑发人，这一连串的打击，使他悲痛欲绝，子女们一个个或生离或死别，昔日喧闹的湘绮楼已是人去楼空，七夕乞巧也变得冷冷清清。以前，王闿运爱过七夕，爱听女儿们叽叽喳喳的嬉笑。而今，桂树下纯真的笑声早已不再，王闿运抑制不住自己的悲情，走回书斋，他一字一泪，写下了这首七夕诗：

明镜尘生白发丛，三珠坠后绮楼空。

张骞枉自移瓜种，乞巧无人拜月中。

在王闿运写就的七夕诗里，也有许多首或明显或隐晦地反映时事。

1861 年，王闿运因为母亲去世，在家守制，7 月咸丰帝薨，8 月湘军攻克安庆，曾国藩竟然在军中纳妾。王闿运有诗云：

家国荒荒有祸殃，敢同儿女话愁肠。

谁知谢傅围棋日，已办天钱聘七襄。

中日甲午战争前，国家的形势已山雨欲来风满楼，统治者将严肃的政治视作儿戏，以致国无宁日。有感于此，王闿运在甲午年的七夕诗中写道：

秋风一夜水平堤，柱渚归来听鼓鼙。

从来年年起风浪，月明乌鹊各东西。

1895 年，中日战争中失败的清政府起用李鸿章主和，割台湾岛。这时的王闿运年事已高，不问国事，只是往来衡湘，与亲朋好友宴游。他在这年的七夕诗中写道：

李家降表过台湾，斗蟀堂中只自闲。

一舸往来堪送日，不堪临水觑云鬟。

1898 年，戊戌变法失败，以纵横家自诩的王闿运在这一问题上仍然抱残守缺，他认为变法者是狂人乱政。在变法期间，他也被举荐到朝廷，他虽口称遵旨，却持徘徊观望态度。变法失败后，王闿运暗自庆幸自己避免了身首异处的命运，对自己的选择也很是自得，他的这种情绪在这年的七夕诗中不由自主地流露了出来：

客星帝坐危冬叶，列宿郎官脆蔓菁。

独有少微高不死，得临河畔望云耕。

在风起云涌，城头变幻大王旗的乱世，望着仍能幸福默默对视的牛女双星，王闿运很庆幸自己的决策。

1900 年，王闿运到济南迎接女儿，5 月，行到淮河。在途中，他听说中外将交兵，又传闻京师大发兵，即征义和团。7 月中，又听说外国军队将至，朝廷主张修好，慈禧太后敕传送外国使者瓜果，可是兵围仍不能解。8 月，外国军队自天津向京城推进，长驱直入。皇帝、太后向西奔逃，京城失陷。张之洞进言说："九国强敌，势不可当，亟请议和。"朝廷又起用李鸿章主持议和，以赔款获得停战。因此，在这年的七夕诗里，王闿运用犀利的笔墨讽刺了庚子赔款：

> 红灯影里看天仙，一霎渔阳战鼓传。
> 银汉隔墙飞不渡，尚凭瓜果结良缘。

王闿运一生所写的七夕诗，对他人生中所经历的重大事件都有不同程度的反映，是反映社会及他个人生活的万花筒。

第五章　桃李满天下，于今吟诵留佳处

毫无疑问，在中国近代文学史、学术史、经学史上，都得给王闿运书上一笔。值得大书一笔的还有他在近代中国教育史上的活动，他的教育思想和教书育人的方法。中国传统知识分子大多有两条路可走：一是仕途奋进，居庙堂之上，为君王谋划效力；一是不入仕途，居于山林之上，设帐授徒，用以谋生，用以寄身，将平生所学传予弟子，在学生身上结出硕果。王闿运在这两条路上都付出了心血。在前一条路上，他曾奔走不息，宣扬自己的主张，结果处处碰壁；在后一条路上，闿运苦心经营、呕心沥血，所收学生不在孔子三千数之下，学生中不少人成为一代名人或大师，实现了杏坛播芬芳、桃李满天下。

一、曾经入蜀振人文，杏坛播芳满川湘

1878 年 8 月，王闿运已年过不惑了，正全力以赴撰写《湘军志》，四川总督丁宝桢写信请他到四川出任成都尊经书院院长。丁宝桢是王闿运好友，他们曾就国际形势和西部边陲等问题彻夜交流，相谈甚欢。他深知闿运自 1864 年（同治三年）起，"暂隐衡山十二年"，一意纵情山水，以林树风月为事，以文史为娱，习惯了闲云野鹤、不问世事的日子，未必肯再度出山。因此，他致信王闿运的好友谭文卿，希望他劝说闿运。

对于丁宝桢的邀请，王闿运何尝不动心。自同治三年起，闿运就处于蛰伏状态，表面上他也关注时事，却隐逸无求。与曾文正的那些交往，在他心头留下的烙印太深，不曾实现的心愿如同绵绵春草"更行更远还生"，与妻儿老小栖息在衡山石门山区，这些往事会时常涌现。老友的邀请，名为入主尊经书院，实则"醉翁之意不在酒"，很可能要他参议政事。他斟酌再三，给丁宝桢回了一封表明心迹的信：

今闻持节，欣愿趋依。文兄（指谭文卿）所筹旅费家用，其事纤俗，似非雅论。但去岁经手编撰湘军战守事录，今年 5 月，方始创稿，半岁未必能成。要俟此书写定，乃能买舟溯江上谒辕门耳。

丁宝桢在四川任上大刀阔斧，雷厉风行地进行改革，整顿吏治，王闿运也有所耳闻。他想，或许自己真能助重权在握的老友一臂之力，即使政治上不能有所作为，领略蜀地风光，培育万千桃李，也强胜偏居一隅，再说，《湘军志》也快撰写完成，出去散散心也好。

抱着这样的心理，王闿运终于答应了丁宝桢的邀请，他告知老友，待《湘军志》全部写完，就确定入蜀行期。

1878 年（光绪四年）8 月至 11 月，王闿运写完了《援江西篇》《援广西篇》《临淮篇》《援贵州篇》《湖南防守篇》《平捻篇》等，《湘军志》初稿全部完成。11 月 9 日，闿运坐船赶赴四川。

初冬的响晴天气，岸边的衰草在寒风中瑟瑟不已。登上小舟，望着岸边送行的儿女们越来越模糊的身影，王闿运眼角不由湿润了。已过不惑，却要抛妻别子，孑然漂泊，有这个必要吗？王闿运扪心自问。天边，一行行南飞雁群嘹唳的哀音更增添他思亲之情。好在船虽小却舒适，几天下来，或坐或卧，惬意无比。一路上，闿运欣赏水光山色，岸边不时涌现的深岚积石，衬于黛色寒天之中，既让人感到萧瑟冷寂，亦让人领略其寥阔舒目。他或逐日考证《水经注》，或偶尔吟哦诗篇，咏怀古迹，一路倒也不觉寂寞。很久不曾远行，秀美的风光、广阔的天地让他心头涌起无穷希望。

船至万县，同船人都纷纷上岸游玩，剩下闿运一人独留舟中，因偶感风寒，他只觉得头痛不已，寒热交作。万县在唐时称万州。尽管在病中，王闿运却心事绵绵连浩宇，感怀数千年前在此地发生的纷争战事，想到国家分崩离析的现状，闿运感慨万千，不由提笔写了一首《巫山高》：

> 楚人捕蝉忘黄雀，百战连兵向伊洛。
>
> 东收鲁越弃夔巫，蜀郡迎来司马错。
>
> 夏水浮江江石崩，秦兵四日烧夷陵。
>
> 丞相从容曳珠履，寿春城脆如春冰。
>
> 屈原含冤宋玉老，年年犹梦高唐好。
>
> 雨散风离十二峰，瑶姬泪滴阳云草。
>
> 蛮夷问鼎入中原，敝国伤财不足论。
>
> 莫矜江汉轮船便，已见风沙印度昏。

怀古伤今，一片忧国情怀。就这样，带着难以排解的愁绪，王闿运来到了四川。到达时，已近年关，天色晓晴，景色明丽。将要见到友人的亢奋和晴朗的天气使王闿运诗兴大发：

寒霜不入蜀，原隰冬葱茜。

霞明阴谷曙，雨过晨光净。

披拂悦征途，旷朗开余性。

……

忘却了一路劳顿，忘却了一路感怀，闿运愉快心情溢于言表。

对于王闿运的到来，丁宝桢十分高兴。他迅即派人将他们安置在总督衙门的后院居住，以便早晚切磋。这时，学生们都已放假回家，王闿运便乐得清闲，每日与一帮朋友谈天说地，切论世情，也不觉寂寞。2月初，王闿运搬到了尊经书院居住。转眼学生们就要开学，王闿运觉得作为院长，就应先定规矩。他已与丁宝桢谈过有关想法，认为书院规制应变通，"使官课不得夺主讲之权，主讲亦不宜久设，仍当改成学长，学长亦随课绌取，庶免争竟也……"这既体现出无规矩无以成方圆的原则，又根据实际情况对规矩作了适当调整。丁宝桢非常赞许。看来好友是宝刀未老，牛刀小试便初露锋芒，干脆利落的几条章程便可使书院走上正轨。王闿运将与丁督所谈内容以条规章程的形式固定下来。新年过后不久，书院开学了。学生们便纷纷返回书院，拜会王闿运。

在我国学术文化史上，书院具有重要地位。书院是唐宋至明清出现的一种独立的教育机构。袁枚《随园随笔》云："书院之名，起于唐玄宗之时，丽正书院、集贤书院皆建于省外，为修书之地。"此时的书院，仅是校勘、整理藏书之所。授徒讲学、培育人才的书院正式出现于南唐。至北宋，书院才逐渐增多。最著名的有号称天下四大书院的河南商丘应天府书院、湖南长沙岳麓书院、江西九江白鹿洞书院、河南登封嵩阳书院。这些书院都是在前人遗址基础上扩充起来的，由著名学者主持讲席，就学的门徒众多，以致闻名遐迩、彪炳史册。

古代书院既非国家教育机构，也不完全是私人讲学之所，大多是由地方官发起筹建，采取民办官助的形式办起来的。书院办得好坏与否，决定于有无切实的学规以及主持讲席者的学问高低。讲学内容往往随时代学风改变。如宋代以理学为主，明清两代较侧重经学与文学，也有将八股文列入课程的，因时而异。

书院的显著特点，一是学生们以自学为主，遇有疑难，可随时向老师请教；二是贫寒子弟可得到"膏火"资助，大约相当于今天的助学金；成绩优秀者，还可获得奖学金。这在当时无疑是一种很好的办学形式，对活跃学术文化，促进人才脱颖而出，起到了重要作用。

另外，书院人数不多，师生之间、同窗之间情谊深厚，在良好的氛围中互相切磋，促进了学术交流。有些条件较好的书院，如成都尊经书院，还附设书局出版学术著作，对文化事业的发展更有重要的促进作用。

书院在中国历史上源远流长，具有相当的优越性，王闿运认为它是弘扬学术文化、造就国家人才的理想场所，能在著名的书院主持讲席是一种很荣耀的事情。他也就没有过多犹豫，接受了丁宝桢的邀请，一到书院就马上进入了角色。

制订了学院的条规章程以后，王闿运又教给学生读书方法。讲方法之前，他告诉学生说："欲为有恒之学，惟在钞书。"并将自己几十年来，昕夕不辍所抄的书拿给学生看。面对王闿运所抄一叠叠的经、史、子、集，学生们无不瞠目咋舌、啧啧称奇，他们深切地感受到自己的老师满腹经纶、下笔成章实在是来之不易，都是朝夕抄书功夫的结晶。

王闿运传授方法之后，出了几道题目测试学生。他又进一步告诉学生们读书方法："治经于《易》，必先知'易'字有数义，不当虚衍卦名。于《书》必先断句读。于《诗》必先知男女赠答之辞不足以颁学官、传后世。一洗三陋，乃可言《礼》。《礼》明，然后治《春秋》。"他又说："说经以识字为贵，而非识《说文解字》之为贵。"在讲明这些基本指导思想之后，他分享了自己以古为范，将如何师古的看家本领告诉学生们说："文不取裁于古，则无法；文而毕摹于古，则亡意。"欲速则不达，只有耐心地学习、摹仿，水滴石穿，事久必成。学生们对老夫子的垂训心里是怎么想的，人们不得而知，但老夫子的示范作用却是令人震撼的。面对先生的一摞摞手抄本、一篇篇锦绣文章、一本本讲义和经史考疏，以及赫赫名声，学生们叹服不已。

王闿运亲自示范，从经学入手，继之以史学、文选学，教学生们读十三经、二十四史及《文选》。在经学方面，闿运可称一代泰斗。自24岁在武冈邓弥之处坐馆授徒时，他就开始治"三礼"：《礼记》《仪礼》《周礼》。开始正式接触经书，做的是分章节、正句读等基础性工作。25岁时，治今、古文《尚书》。1859年客居山东济南，他是山东巡抚文煜的座上宾，住在巡抚的公署内并不怎么参与政事，将主要的时间和精力用于已启动的治经工作。虽有时也同友人游名胜、登泰山，但手不辍业，开始治《诗经》，作《诗演》。1869年在衡山石门，王闿运又开始治《公羊春秋》，作《谷梁申义》，同时，为儿女讲《尚书》，笺注《尚书》，旋又讲《周易》，作《周易燕说》。1865年开始，王闿运在石门常氏旧宅归隐了七个年头，除了外出修志的短暂离开，他都在石门山居读书、会友、课子，很少外出。石门屋主人常仪安曾劝他到外面走走，仪安去世后，他忽然想起友人的话，决定外出旅行。1871年正

王闿运书"虽九死吾犹未悔"横批，他希望以"九死吾犹未悔"的精神教育启迪湖南年轻人（图片来自湖南省博物馆）

月十二日出发北游，到了京师，住了几个月，在友人的鼓励下，他还参加了会试，却名落孙山，他也并不在意得失。6 月，他在京作了轰动一时的长诗《圆明园词》。7 月离开北京去山东游览。一日到了山东的德州，住在店中，偶然间得到一本求之已久的《尚书大传》，于是兴致勃然。从此，便开始对《尚书》专心考疏，三个月内便成《尚书大传注》四篇。11 月回到石门，又开始笺注《礼记》。41 岁时又作成《今古文尚书笺》……闿运一生对五经都极为用功，特别对《礼记》《春秋》《尚书》钻研甚深，是晚清经学大家。

王闿运到了尊经书院，持教的主要内容之一便是经学。经，也即经书，是儒家必读的经典。庄周在《庄子·天运篇》中最早将儒家必读之书称为"经"，"孔子谓老聃曰：丘治《诗》《书》《礼》《乐》《易》《春秋》六经，自以为久矣。""六经"又名"六艺"，其中《乐》失传了，只剩"五经"。东汉时期，在五经之上，加了《论语》《孝经》，号为"七经"。唐代又将《礼》分为《周礼》《仪礼》《礼记》，号为"九经"。宋代则将《诗》《书》《易》《周礼》《仪礼》《礼记》《春秋左传》《春秋公羊传》《春秋谷梁传》《论语》《孝经》《尔雅》《孟子》定为"十三经"。可见，经学源远流长。在历时两千多年的封建社会，其影响之大，涉及面之广，是我国历史上任何一门学问都望尘莫及的。王闿运作为晚清学者，当然要以"治经"作为毕生事业，并引以为荣。

王闿运在经学领域有很高威望，但也受到了学生的挑战。当他才到尊经书院时，已经有了一定成就的学生廖平以自己作的《公羊论》请教闿运。闿运仔细阅看了他的文章后，鼓励他说："睹君此作，吾愧弗如。"而廖平却把老师的谦逊当成了心虚，以为"盛名之下，其实难副"，在听了闿运的讲经后，心里不以为然，暗地里对别的同学说"王先生只是半路出家"。廖平的看法代表了当时一些人的观点。因为王闿运做学问力求出新，喜标新立异，文章中自我意识十分强烈。他在治经时，总是不拘一家之言，又不甚留意于文字音韵、训诂，这与当时乾嘉学派视小学为治经的不二法门大相径庭，当然要为正统派所哂笑。廖平年少气盛，也不免对老师有些微辞。殊不知闿运治经，与龚自珍、魏源一脉相承。这些十分关心社会现实，又受到西方先进思想影响的学者，治经的突出特点是突出公羊学，龚、魏"往往引《公羊》义讥切时政，闿运则专注《春秋》说民主"。他们都是假借说经表达一己之政治理想，借他人之酒杯，注入自己所酿之佳酿。本来就以纵横家自许的王闿运，在满腹经纶无处可施展退而讲学时，借公羊学抒发其襟抱情怀自是不足为奇。这些"非议""怪论"与传统的经学都颇为乖违。即使是曾窃议王闿运的廖平，在受业于王之前，所著《公羊论》或不无可取之处，后来他在亲聆闿运教诲以后，也颇觉深有启发，深服老师高论。康有为曾以廖平在受业于闿运以后的学术观点为基础，先后写出了《新学伪经考》《孔子改制考》《大同书》。梁启超评价这三本书说："若以《新学伪经考》比飓风，则此二书（《孔子改制考》《大同书》）其火山大喷火也，其大地震也。"不管康有为著作来历究竟如何，康氏依靠《新学伪经考》《孔子改制考》成为维新运动的领袖确是事实。可见王闿运经学影响之深。

王闿运告诫学生，汉之先儒专治一经，他们也应各治一书，不必贪多，需专心一意。学生们谨从师命，王闿运也精勤校阅，仔细帮学生改定文章。学生中，廖平治《公羊》《谷梁》《春秋》，戴光治《书》，胡从简治《礼》，刘子雄、岳森通诸经，号为"蜀学"。可见王闿运指点有功，教导有方。学生们的欣欣向学，也使王闿运由衷喜悦。王闿运的悉心指导，使得这些学生后来都成就非凡。

廖平，原名登廷，字季平，四川井研人。著书甚多，最为有名的是《群经凡例》《今古学考》《公羊三十例》《六书旧义》《春秋图表》《周礼疏证》《尚书新解》《易经新解》《楚辞注》《山海经注》《穆天子传注》《天人学考》等。

岳森，字林宗，南江人，著有《考工记考证》《说文举例》《蜀汉地志》等。

胡从简，字敬亭，新津人。出身贫寒，以编草鞋为生。十九岁时才读书，三十岁考取秀才，后来中进士。肄业于锦江书院。张之洞督学四川时，选拔他为第一，入尊经书院。王闿运也认为他是学生中的佼佼者。著有《礼经考》《礼经释例》《周礼句读》《读书管窥》等，成了一代鸿儒。

刘子雄，字孟雄，德阳人，举人。著有《古文尚书考》《宫室考补》《谷梁凡例》等。

杨锐、刘光第、宋育仁则是闿运主讲尊经书院时尤为杰出的门徒。他们都是王闿运的高足。杨、刘同在"戊戌变法"事件中牺牲。王闿运的学生杨度曾说："更有湘潭王先生"，"专注《春秋》说民主"。杨锐、刘光第正是在闿运的熏陶下，献身改革维新事业。

除关心学生的学业外，平日闿运还很关心学生的家庭与生活，经常接济有困难的学生，学生对他特别爱戴。闿运不仅教他们为文，而且告诫他们怎样为人。他经常语重心长地对学生们谈起自己，反思过去："自宋代以来的学人都以艰苦耐贫为人生要着，我所见的许多先辈都很俭朴。但我少年时候自以为才高，对此颇不以为然。'衣貂举人'的名号自不必说，就是在曾文正军中待的那些日子里，别人都穿布

1898 年，尊经书院刊刻四川学人创办的
《蜀学报》

衣，唯独我一向以为真正的节行并不在这些表面文章。关键是骨子里要'俭'、要'谦'。湘军中有些人富贵发达了，就由俭入奢。在这一点上只有刘荫渠是很不错的，他即使官至总督，也仍然不改学生时清贫俭朴。"

在四川，教授生徒之余，闿运不忘寻山问水，优游岁月，赏花观竹，自得其乐。有一次他去彭县多宝寺观赏牡丹，僧人们听说大名鼎鼎的尊经书院山长来了，十分热情地接待了他。为答谢僧人的美意，闿运为他们撰写了一副对联：

> 山中昼永春花久，
>
> 树外天空任鸟飞。

这正是他闲适心情的反映。闿运名气大，慕名来访的人和过从较密的朋友、学生也多。找他求字、求联甚至求文的纷至沓来。他不堪劳累，对友人感叹："见秋风吹簾，颇思一闲暇。而纷纭应酬，不胜尘役之感。"

在四川的前后八年中，发生了几件大事给闿运的心灵造成了巨大的创伤，影响至深。那就是二子代丰、大女儿王无非和爱妾莫六云的相继病逝。

代丰于1881年（光绪七年）病逝时，闿运曾亲护灵柩返湘。不过数月，大女儿王无非又在湖南病逝。打击接踵而至，弄得他心力交瘁。代丰、王无非都深得闿运宠爱。他在五十岁时的自挽联中有"春秋表仅传，正有佳儿学诗礼"，联中所称许的佳儿正是代丰，但不久，代丰却因病客死异乡，这对知天命之年的闿运真不啻晴天霹雳。数月后，大女儿王无非病逝于武冈，他亲往视病，一直到她最后合上眼睛，他都始终留在她身边。刚刚承受了失去儿子痛苦的心灵，此时又雪上加霜。闿运因此也就一直在湖南家中待了一年多，其间与丁宝桢书信往来甚多。丁宝桢曾来信请闿运代拟疏稿，"陈天下大计，盖欲经营西藏，通印度，取缅甸"，多次催王闿运再去四川。1883年4月，王闿运终于启程赴蜀。1885年2月，王闿运的爱妾莫六云偕子女入蜀，11月病逝于成都。闿运次年年初送莫氏灵柩还湘。入蜀八年，失去三个亲人，其哀痛是可想而知的！临离开四川前，学生们猜测他将不会再回四川，便纷纷到总督府挽留，依依不舍。王闿运对他们说："为学在得师，不在从师。"他谢绝挽留，告别学生。1886年4月，回到家中不久，王闿运又得噩耗，挚友丁宝桢病卒，王闿运亲自到山东为他送葬。王闿运在蜀地的讲学生涯从此宣告结束。

王闿运自1878年底入川，1886年春还湘，在成都尊经书院讲学前后达八九年之久。回长沙后，郭嵩焘请他主讲思贤讲舍。思贤讲舍设在长沙局关祠曾文正公祠堂内，这是一所高级私塾，经费由盐业公会筹措，学生不过一二十人。课务不重，报酬比较丰厚。但闿运不愿承担，他婉辞说："兴学在官，官不尊师。弟子不可得而化。受财币则必不尊，不受则何必强与人事？"

闿运的托辞显出他一片苦心。回顾自己在尊经书院时，丁宝桢对他礼遇有加，因此蜀中"自抚台、将军皆执弟子礼，虽司、道侧目，而学士归心"。回到湖南，则未必有这种待遇。再则，思贤讲舍馆谷尤为丰厚，湘潭罗汝怀辈觊觎已久，以王闿运的心性，素来不想跟别人争夺什么。这从他不就昭潭书院讲席亦可看出，他写了婉辞信说：

昭潭一席，夙所愿从，诸贤合谋，允非污好。惟吴公兼席，大有所赢，二百石禄，匪日易致；今骤夺之，将何所赖！且已篡船山，一之为甚。逼人太甚，天必厌之。吴虽固辞，我不可觊。

这是他在写给学生张登寿的信中所表露出来的心迹。闿运毫不犹豫辞谢了思贤讲舍主讲席。

这年秋，他从武汉乘轮船顺长江而下，游历镇江、扬州、淮安等地，然后登泰山、至济南。此行目的是帮助料理丁宝桢丧事，及至抵济南，才知丁的灵柩尚在途中。于是，他又从德州入北京。留在京城过年，取道保定、天津，与李鸿章等人见面，这次行程达半年之久。

回长沙时已近年底了，郭嵩焘重申前请，要他代理思贤讲舍讲席，这一次他答应了。他之所以受聘，是因为郭嵩焘只要他"代理"。所谓"代理"，就十分自由，随时可以辞去，而且他只需向郭一个人负责，与旁人无干。渐入老境的他出蜀还湘，奔驰于东南及京津一带，未尝不想觅得一讲席职务以栖身。他在给彭玉麟的信中就曾说"孤身在蜀，舍

衡阳船山书院中的湘绮楼，王闿运书联曰：带经藏绿野，移榻对青山

己耘人，无此心绪"，常"欲辞归，为识途之马"。不管怎样，落叶总
要归根，此时闿运就像恋家的老马，想着早日回故乡。经过这么多年的
奔波，闿运早已清楚地认识到自己此生的命运，正如他与丁宝桢谈话时
所期许的，似申屠蟠隐居教读。

没有多久他就辞去思贤讲舍教职，从六十岁起，他应聘衡阳船山
书院，直到七十七岁才辞退讲席。入民国后，尽管他年已八旬，仍与船
山书院有着千丝万缕的联系。王闿运平生讲学，在船山学院为时最久，
门徒也最多。其门生闻名全国者，不可胜计。

湘绮楼弟子遍及川湘，数以千计。除廖平等四川弟子，"三匠"（铁
匠张登寿、木匠齐白石、铜匠曾招吉）和杨度都是很有影响的人物，较
著名的还有夏寿田、陈兆奎等。

夏寿田（1870—1935），字耕夫，号午贻，湖南桂阳人。父名时，
号叔轩，清末官至江西巡抚，不久调职陕西，死于任上。寿田与杨度同

湖湘文化的重要载体——船山书院

学于船山书院。1898 年（光绪二十四年）中进士第八名，殿试榜眼及第，历任翰林院编修、学部图书馆总纂，因为父辩诬触怒朝廷被革职。1911 年（宣统三年）授朝议大夫。民国元年任湖北省民政长，民国二年任总统府内史监内史。袁世凯称帝，制诰多为他所出，袁氏垮台后他寄居杨度家中，后来又和杨度一起逃到天津租界，投奔曹锟，任机要秘书。后来定居上海，1935 年病逝。杨夏二人的交情始终如一，两人对湘绮师的尊敬也始终如一。

陈兆奎，字完夫，桂阳人。陈士杰的儿子，士杰字隽丞，曾经辅佐曾国藩治兵衡阳，曾任山东巡抚。兆奎为清光绪举人，官主事，后任部参议，著有《隐庵诗集》《王志》《孝经古注》等。

其他弟子还有向桑、廖昺文、王卫青、刘岳屏、谢价人、赵秉钧等，他们都为《春秋公羊传笺》《礼经笺》的刊行出了大力气，很有成就，当时都是在全国学术界享有盛名的人物。

王闿运讲学故乡，弟子过千人，在文学方面形成了湖湘诗派；而在儒学方面，不仅影响了湖南学风，在全国也产生了广泛影响。

二、细识奇才于草莽，欣纳三匠于门下

王闿运断断续续执教数十年，与孔子一样门下弟子不下三千，有不少成为国内一流学者或国家的有用之才。他崇奉孔子的古训，对弟子实行"有教无类"，在门生中有三个出类拔萃的"百工之人"。这三个人是铁匠张登寿、木匠齐白石、铜匠曾招吉。

王闿运在船山书院执教时，常有官高位尊者来拜访，他却常常闭门谢客，有一次湖南巡抚来拜访他，也被拒之门外，而对于后生晚辈，他总是热情相待，循循善诱。他曾为自己这种做法解释："地位高又年纪老大的人，已是日薄西山，菁华已竭。而后生则可畏也。"对于献诗请教的人，即使浅陋低劣不合诗律，他也为之精心改定。对此，他的弟子，湘潭人杨钧曾不解地问他："对这种诗，先生何必枉费心力？"

王闿运告诉他："人有好学之心，我就有引导之责。倘若因为所献诗浅陋就鄙薄、拒绝他们，他们将会灰心丧气，不但不再追求上进，甚至连此等恶诗也不会再作了啊！"说得杨钧连连点头称是。

他讲到东汉末年郭泰不分雅俗奖掖人才的故事，如数家珍地谈起《后汉书》"识张孝仲于刍牧之中，知范特祖邮置之役，召公子、许伟康并出屠酤，司马子威拔自卒伍，及同郡郭长信、王长文、韩文布、李子政、曹子元、定襄周康子、西河王季然、云中丘季智、郝礼真等六十人，并以成名"中的内容，杨钧不得不叹服老师的育才用心。

较之郭泰，王闿运可谓有过之而无不及。且不说他桃李满天下，单只"识奇才于草莽，纳三匠于门下"就足令世人称颂了。

铁匠张登寿，字正旸，别号乌石山人，湘潭人。入王闿运门下，

游学日本，曾任湖南明德学堂、麓山学堂教授，后任攸县及山西沁县知县。著有《诗经比兴表》《礼经丧服表》《诗经例表》《毛诗外笺》。登寿少时因为家境贫寒没有读书，只得以打铁为生。他从小爱书，一边打铁一边勤奋读书，一直很懊恨身边没有良师益友，深深苦恼于与他交谈的人都浅陋不堪，很想得到高人的指点，却苦于没有这样的人。有一次，张铁匠在山边的小铁店替人帮忙打铁。收工后，他晚出散步，忽见山前屋后白桃花怒放，在月色掩映下，花儿尤显鲜艳妍美，他不由吟诗：

> 天上清高月，知无好色心。
> 夭桃今献媚，流盼情何深！

铁匠写诗，这可是新鲜事，用语鄙俚，却诗心跃然。铁匠的诗不胫而走。与张铁匠家相距不远的湘潭县姜畲秀才陈鼎读了他写的这首诗以后，心里称奇，大为赞赏，专程到他家里对他说："你的诗与孟郊的何其相似！你读读孟郊的诗，如果你能苦学，必能成材。"陈鼎特地带去孟郊诗集给张铁匠，叫他仔细吟味揣摹："孟郊是个苦吟诗人，你好好学他，定会成功的。"

张铁匠得到孟郊的诗后，每天早晚不停地诵读，常常废寝忘食。还不到一年，张铁匠就拿着自己创作的诗拜访陈鼎，请他指正。陈鼎看了以后，大吃一惊，说："你的诗已成就非凡，以我的才能已不能做你的老师了。我给你指条路，王湘绮先生是当朝大儒，你去向他请教吧！"

当时，王闿运住在昭潭书院。张登寿去拜访他时，正好下大雪，他戴笠着履，衣衫褴褛，顶风冒雪，步行三十里到了书院求见王先生。看门人见他衣冠破旧，满脸尘垢，拒绝为他通报，并向他索要名刺。张铁匠将揣在怀中的诗拿出，傲然说："这就是我的名刺。"看门人仍不许他进去，张铁匠急了，大声说："我以诗来拜谒王先生，你竟敢拦我？"看门人不得已，只好进去将他的诗呈给闿运。此时，王闿运家中正高朋满座，大家谈兴正浓，王闿运见有人送来诗作，忙开卷读诗，还没读完便大喜，高兴地对座中客人们说："我们家乡果真有出色的诗人！"马上出去将在雪地里的张铁匠接进来，请他上座，因为心情激动，王闿运匆忙之中连木屐都穿反了。座中客人都惊诧不已，而张铁匠虽满身泥泞，置身貂狐裘丽的客人之中，却神色淡然。

从此张铁匠便入王闿运门下。一代鸿儒收了个铁匠做学生的事很快便传开了，数日之间名动全县。张登寿没有辜负陈鼎的期望，也没有辱没王闿运的门庭，不久便中了秀才。后来他数次赴乡试都不第而归，心灰意冷之下，决定放弃举业，跟随王闿运专心求学。数年间，他贯通《三礼》《春秋》《尚书》《诗经》，讲评孜孜，还撰写了《诗经比兴表》《礼经丧服表》等书。王闿运感叹他的议论能发前人之所未发，文思敏捷，下笔即能成章。

在王闿运主讲船山书院时，有的学生遇到不会写的题目，就请张代写。王闿运读学生们的文章，遇到最好的一篇，就说："这必定是张正旸所作。"一问，果然。张登寿在光绪末年游学日本，专习法律，回国以后，他应聘任明德、麓山等校教授，后来还成为湖南攸县及山西沁县知县，为地方做了不少好事，深得百姓爱戴。据《攸县县志》记载，他年老退休后，居住湘潭县乌石山下，世称乌石先生。乌石先生晚年常对人说："我这一辈子多亏了两个人。一是指路的陈先生，一是引路的王先生。没有陈先生，我还在黑暗中摸索；没有王先生，我不会有后来的成绩。"

在王闿运的弟子中，齐白石（1864—1957）是家喻户晓的人物。齐白石生于湘潭县南百里之杏子坞星斗塘老屋。族中派名纯芝，后改名璜，号白石、白石山翁、老萍、饿叟、借山吟馆主者、寄萍堂上老人等。白石7岁随外祖父在离家乡不远的白石铺枫林亭读了一年书，外祖父教他读了《四言杂字》《三字经》《百家姓》，常用习字本、账簿纸作画。虽然外祖父喜欢这个天资聪颖的外孙，夸他"麟角峥嵘"，可外祖家也不富裕，没法给他更多的资助。读了不到一年，白石因家贫辍学回家，每天放牛。到了12岁，家里人见白石手脚伶俐，反应也灵敏，又是喜又是忧，喜的是此子聪明隽秀，忧的是如果让他一辈子就这么"面朝黄土背朝天"实在有些可惜，便让他师从乡里著名的木匠周之美学雕花木工。周木匠是名噪乡里的手艺人，做得一手好功夫：在木家具上雕花、草木虫鱼、人物故事样样都行。拜师后，白石勤学苦练，夜以继日。做木工之余，以残本《芥子园》为师，习花鸟、人物画，操出一身好手艺。26岁时他又从胡沁园、萧芗陔、陈少蕃学诗学画。白天干活，晚上借着昏暗的油灯画画。画出的人物、花鸟栩栩如生，名冠湘潭。白石并没有满足于已有的成就，他想，如果就此止步，生活固有余裕，但名气再大，也不过是个能工巧匠。所以，虽年过而立，他也还想在诗文方面下功夫。31岁时，与王仲言等七人结"龙山诗社"，被推选为社长。后来与黎松庵等结"罗山诗社"，一起吟诗、作画、摹刻金石。37岁时，齐白石带着自己的诗，风尘仆仆地赶到衡阳船山书院拜大名鼎鼎的阎运为师：

> 星塘一带杏花风，黄犊出栏西复东。
>
> 桌上铜铃祖母送，铃声可响楼却空。

王闿运微笑着看完诗后，问齐白石："你看过《红楼梦》吗？"白石老实回答："没看过，我每天做事，哪有心看这种闲书！""我看你的诗啊，有点像那里面的薛蟠体。"齐白石不明白老师的意思，只会憨憨地笑。王闿运的比喻将旁边的几个学生逗笑了。从当时齐白石已与友人结诗社来看，这个故事杜撰的可能性较大。随后，王闿运看了齐白石的绘画、治印，王闿运虽没有这方面的实践经验，但仍然在理论上给齐白石提了不少指导意见，并提议他看些印谱方面的书。齐白石将自己的画册呈给老师，闿运看到画册上人物肖像、山水田园、虫鱼花鸟、树木小草等日常随处可见的东西，无一不被齐白石纳入画中。他饶有兴趣地翻看，对齐白石的画赞不绝口，认为此人以后的成就必在绘画上。果如所料，白石终成一代国画大师，其诗也辞清格高，为世人所爱。

为了提携齐白石，有一年清明，正是樱花、海棠盛开时节，闿运带着齐白石往曾任清廷军机大臣的瞿鸿禨宅第赏花，与当时的名士程子大、廖荪畡、曾重伯等名士禊饮于超览楼。既让齐白石开了眼界，同时也让当时政要知道了白石。齐白石后来根据回忆创作了《超览楼禊集图》，当时鸿禨已去世，其子兑之题图说："白石以韦布漫游，名未显；湘绮挈往吾家，与赏花之宴，盖欲因以重白石之名也。"

王闿运这样用心良苦地提挈齐白石，白石感激万分。他一生敬重湘绮老人。在齐白石的艺术作品中，有不少是专门为闿运作的。如他在 1903 年曾手制石刻，上款书"湘绮师莞尔"，下书"门人齐璜献"。1904 年，他还随王闿运赴江西，游庐山、南昌等地，刊印《白石草衣金石刻画》，王闿运为书作序。这些都充分地表达了齐白石对老师闿运诚挚的敬爱之情，也看出闿运不遗余力提携白石之恩。如今在白石珍贵作品展中，不时可见有为王闿运而作的佳作，可见白石终身敬慕湘绮老人，到老不衰。

铜匠曾招吉，衡阳人。他与张铁匠一样，富于巧思，勤奋好学。1904 年在南昌以制造大气球为业，气球可承载两人，随风飘荡。后来，他还在机械制造方面作出了不少贡献。他是湖南早期成绩卓著的技术专家之一，慕名来到昭潭书院求见王闿运，门人见来者个头高大，身材魁梧，相貌堂堂，不敢贸然盘诘，遂让他直入屋内。王闿运放下正在批阅的文章，问："来者何人？""曾招吉拜见老师！"王闿运抬眼一望，这个久已知名的手艺人果然身貌不凡，心中升起一种"必使成材"的愿望，两人交谈十分投缘。闿运觉得这是个有识见的学生，招吉则更觉过去只是耳闻高名，今日面见方觉果是当今大儒。他和齐白石一样一生敬慕湘绮老人。

三、经世致用传衣钵，可惜高足"愧师承"

王闿运门生满天下，灿若繁星，弟子们各擅其长：有传其经注心得，长于治经史者；有受其民主思想影响，追求进步，献身革命者；有受其训导，登科及第，功成名就者。还有一位他十分欣赏尤为出色的弟子，他就是通经史、擅诗文，承其所致力的"帝王之学"之衣钵，却自称"愧师承"的高足杨度。

在中国近代历史舞台上，杨度曾誉满神州，也曾谤满神州。杨度作为中国近代著名政治活动家，其波澜起伏的一生，推本溯源，与他早年接受的王闿运的帝王之学有不可分割的联系。王闿运一生，不以作为文人学者为限，他常以"纵横家"自诩。自青年时代起就十分关注海内鼎柱人物的动向，欲以己之"纵横学"辅佐其人成就"帝王之业"，渴望自己也因之名垂青史，百代不朽。但他曾经看准的两个目标人物曾国藩、肃顺都使他灰心至极。从那以后，闿运不再涉足官场，潜心于经史研究，致力于诗文创作，陶醉于教书育人。虽则他表面上以风流才子自处，但是他内心里何尝有一日放弃过自己青年时代的初衷。在看似恬淡闲静的岁月里，他一面继续精心探求文化典籍中的帝王之学，一面不动声色，在众多弟子中寻觅衣钵传人，传授他平生最得意的帝王之学。杨度终于走入他的视野。

王闿运在船山书院任山长的第三年，弟子夏寿田对他说起自己的朋友杨度才华出众，可追贾谢。夏寿田还谈起杨度读韩愈《与陈给事书》和柳宗元《愚溪诗序》的情况，杨度认为韩愈自轻自贱，对上摇尾乞怜之态令人厌憎，而柳宗元为文啰唆、武断。闻此观点，王闿运大为喜悦。他自己于文，悉本《诗》《春秋》，兼采庄、列、《国语》《战国策》，通司马、贾、董。他向来鄙薄唐宋，轻视元明，非上古三代秦汉之书不读。被世人称颂的唐宋八大家文章，他认为只可供幼童发蒙之用。他的观点当时很少有人认同，现在乍然听到竟有一青年与自己英雄所见略同，王闿运不由大感欣慰，很想将杨度收于门下。得天下英才而教之，岂非一大快事！这是普天下为师者的共同心愿，何况像他这样正迫不及待要寻找接班人的人呢！

王闿运回湘潭时便亲自探望在石塘家中侍奉母亲的杨度，动员杨度到船山书院。

杨度（1875—1931），原名承瓒，字皙子，后改名度，别号虎公、虎禅，又号虎禅师、虎头陀、释虎。清末反对礼教派的主要人物之一，湘潭县姜畲石塘村人。杨度少年丧父，由伯父瑞生抚养成人。瑞生在太平天国起义时期加入湘军，因军功升为归德总兵。杨度兄妹三人都随伯父在总兵衙门读书。杨度中举后，赴京考进士落第而归，有些怏怏不乐，但在京师时经历的一切，"公车上书"时包括自己在内的众举子的意气昂扬仍激荡着他的心胸。他决意放弃举业，只身南下，投奔康南海。恰在这时，王闿运来到了石塘。两人一见如故。王闿运为杨度指点迷津，动员他到船山书院就读。在母亲病榻前侍汤奉药的杨度原本想投奔的是康有为，但命运就是那么奇妙，一代大儒亲自上门延纳，任谁也拒绝不了这种热情与真诚，更何况是正在岔路口徘徊的年轻人。一个人的人生方向源于选择，选择了什么样的道路，就注定了某种结局。

不久，杨度来到船山书院求学。在书院，杨度白天与其他学子一道上课作诗文，晚上常常单独听王闿运开的"小灶"课——帝王之学。

王闿运的所谓帝王之学，用他自己的话来说，就是："以经学为基础，以史学为主干，以先秦诸子为枝，以汉魏诗文为叶，通孔孟之道，达孙吴之机，上知天文，下晓地理，集古往今来一切真才实学于一身，然后登名山大川，以恢宏气概，访民间疾苦，以充实胸臆，结天下豪杰以为援助，联王公贵族以通声息。"

当然，王闿运的这番宏旨在讲课时，内容具体实际得多：一是正史上记载的明君贤相的风云际会；二是稗官野史上流传的君臣之间的遇合；三是自己几十年来的实践经验，特别是与王公亲贵的交往经验。所有这一切，都是他常常用来教育和启迪学生杨度的内容。

1902 年，杨度第二次赴日本留学。杨度在日本与梁启超、孙文、黄兴均有交谊。在日本时，杨度与梁启超交往较多，他特别折服于梁启超的《少年中国说》。受此启发，他决心写一篇传世之作鼓励湖南人，尤其是湘籍留日学生。他也希望通过撰文显示自己的才华和三湘子弟的分量。如果写一篇论说，要想超过梁启超的话，以梁文立意之高远，情感之炽烈，气势之磅礴，那恐怕是难以做到的。要想超过，必须另辟蹊径。想到历史上朗朗上口的歌行体，他心中一动。一曲《长恨歌》，一首《琵琶行》，从唐代一直传唱到今，魅力仍存。于是，他挥笔写下了《湖南少年歌》：

　　我本湖南人，唱作湖南歌。

　　湖南少年好身手，时危却奈湖南何？

　　湖南自古称山国，连山积翠何重叠。

　　……

　　若道中华国果亡，除非湖南人尽死。

　　尽掷头颅不足痛，丝毫权利人休取。

　　……

梁启超在他主办的《新民丛报》第一版显著位置刊登了这首《湖南少年歌》。一时间，留学东瀛的莘莘学子纷纷传诵、谈论这首歌行，赞扬歌行气势宏伟，文辞信美，洋溢着强烈的爱湖南、爱中国的少年激情。在这首诗中，杨度提到了他衷心敬爱的王先生闿运，借写歌行的机会，向世人披露了闿运年轻时的宏图伟愿，侠肝义胆：

> 更有湘潭王先生，少年击剑学纵横。
>
> 游说诸侯成割据，东南带甲为连衡。
>
> 曾胡欲顾咸相谢，先生笑起披衣下。
>
> 北入燕京肃顺家，自请轮船探欧亚。
>
> 事变谋空返湘渚，专注春秋说民主。
>
> 廖康诸氏更推波，学界张皇树旗鼓。
>
> 呜呼吾师志不平，强收豪杰作才人。

杨度这种饱含深情、对老师无以复加的褒扬，也表达出了异国他乡的游子对师尊的热爱崇敬之情。

留学归来后，杨度一直坚持君主立宪的主张。辛亥革命后，袁世凯以伪善面孔窃踞总统宝座，却阴谋恢复帝制，于是授命亲信组设"筹安会"，杨度鞍前马后，为袁复辟帝制卖力。他曾经写过《君宪救国论》，风行一时。期间，杨度和夏寿田还曾鼓动袁世凯请王闿运到北京，以助声威。结果，袁世凯复辟帝制失败，杨度也背上了保皇党的恶名，下场狼狈。其实，在杨度帮着袁世凯谋策筹划时，王闿运就曾写信劝诫杨度："谤议业生，知贤者不惧，然不必也。无故自疑，欲改专制，而仍循民意，此何理哉？……总统系民立公仆，不可使仆为帝。"许是当局者迷，杨度当时没听师尊的劝告。

王闿运隶书"蛟龙得云雨，鹰隼出风尘"，用笔古拙老辣，金石气十足，展现了其纵横捭阖、顶天立地的非凡气度（图片来自湖南省博物馆）

　　王闿运对学生总是倾心关注。学生误入歧途时，他良言规劝，而当其处于困境时，他又热心勉励。在杨度因拥袁复辟，四面楚歌之时，王闿运写信给他与夏寿田，劝勉杨度和夏寿田不要因暂时的政治失意而消沉："人的一生能适逢良时，得遇明主，风云际会，做一番顶天立地、安邦济世的事业，是人生之幸。若时运不济，平生抱负难以施展，则退一步海阔天空，或设帐授徒，或著书立说，或躬耕垄亩，或悠游山林，都是人生的好选择……人生在世，拥有豁达的胸襟弥足珍贵，如有此胸襟，不论顺逆得失都会淡然处之。反之，即使身享荣华富贵，也会因于愁郁。希望你们好好研读《道德经》和《南华经》……"

信中体现出老师一片拳拳爱生之情，也显示出王闿运历经世事，历尽沧桑后达到了一个清明澄碧的境界。这些劝慰也让人看出，王闿运骨子里还是认同儒家的"达则兼济天下，穷则独善其身"。信传到杨、夏手中时，王闿运已溘然长逝。杨度读着恩师语重心长的话语泪如泉涌。回顾自己这些年来所走的道路，回想与先生彻夜长谈、纵论时局的点点滴滴，特别是先生对袁氏的戏弄，毅然远离京师，安于山村的宁静生活，这些都给仍在迷惘的杨度指点了迷津。或许行帝王之学未遇天时人和，或许变革中的中国已容不下帝王之学，先生的悄然远走，难道表明他早已明白了这一切？就在这样的重重思绪中，杨度为恩师撰写了挽联：

> 旷古圣人才，能以逍遥通世法；
>
> 平生帝王学，只今颠沛愧师承。

离开北京之后，曾有一度，杨度迷恋佛学，他认为自己已看破红尘。即使在学佛时，他也时时感觉到先生的影响，感受到先生的魅力。佛学修为的三境界"看山是山，看水是水""看山不是山，看水不是水""山仍是山，水仍是水"，不正是先生一直教诲自己所应取的人生态度么！现在置身度外，平心静气地思虑，杨度便发现自己这些年来孜孜以求的是多么不值一晒。想清楚，理解透脱以后，重塑自我的杨度到上海见了孙中山，履行他在日本时许下的诺言。在日本，杨度与孙中山曾有约：吾主张君主立宪，吾事成，愿先生助我；先生号召民族革命，先生成，度当尽弃其主张以助先生。

后来，杨度经过多次政治信念的选择后，晚年加入了中国共产党，卒于1931年，时年58岁。杨度政治道路的几经曲折正是一个严肃的中国知识分子在亲身经历了中国历史的几次重大变故以后的必然结果。王闿运此时虽已离世，可从杨度一生的起伏跌宕中可以看出一代鸿儒在学生身上产生的影响。

不仅杨度师从王闿运，杨氏三兄妹都是闿运的学生。他的妹妹杨庄也曾受学王闿运，擅长诗词。她也是闿运的儿媳，曾与丈夫代懿一起留学日本。杨庄读《后汉书》时，王闿运让其作《藏洪论》，闿运阅后，批其文曰："读范史能作范文，可称才女。"于是湘人都称杨庄为才女。

杨度的弟弟杨钧也出于王闿运门下，而且从师最久。杨钧也曾留学日本，归国后任教于长沙。他著述甚多，尤擅金石书画。他的《草堂之灵》记述王闿运的言论，亲切有味。杨门三兄妹与王闿运的缘分不浅，这在中国近代文化史、学术史上都是值得一书的趣事。人们或可从中悟出许多为人处世的道理，甚至还可体会到中国传统文化的种种情味。

第六章　闲谈笑红顶，蓑衣耦耕自逍遥

　　王闿运至 85 岁高寿而终。他一生跨越了两个世纪，历经晚清道光、咸丰、同治、光绪、宣统五朝和民国初年，亲历太平天国起义、戊戌变法、辛亥革命、袁世凯称帝这些中国近代史上的大事件。在他生活的年代，有英法联军进犯大沽口之役、中法之役、中日甲午之役、八国联军进犯北京之役。他的一生在战火纷飞中度过。在这风云际会的历史舞台上，他又与那些举足轻重的人物有过频繁的交往。王闿运一生，谈不上真正涉足政治旋涡，也并非观棋不语的真君子或冷眼看世界的"旁观者"，在许多重大事件上，在节骨眼上，他都是一位热心的参与者，一直到他生命的最后岁月，他仍关心时局。他是一代名士，结交了诸如肃顺、曾国藩、李鸿章等一批在中国政坛上举足轻重的政要，甚至一度是这些大人物的座上宾。

　　王闿运以满腹经纶名世，却不像一般知识分子走"学而优则仕"

的道路，像他这样而立之年绝宦意、退隐山林的人在历史上可算得上是凤毛麟角。究其一生，为什么他的人生道路与一般知识分子迥然不同呢？

一、烈士无心说豹皮，而立之年绝宦意

《礼记》曰："人生十年曰幼，学；二十曰弱，冠；三十曰壮，有室；四十曰强，而仕。五十曰艾，服官政。"王闿运刚过而立，也就是正当出仕之年，却立志归隐。那一年正是太平天国起义军彻底失败之年，亦即南京为湘军所攻陷的 1864 年。正当盛年、素以纵横家自诩的王闿运不同寻常地决定归隐，这件事大出人们的意料，众说纷纭。有人说他不被重用才决定退隐的，而不被重用是因为受肃顺事件牵连。肃顺事件对闿运确实有不小的影响。

咸丰末年，肃顺作为炙手可热的朝廷大臣，大权独揽，举手投足之间，便可作出关系国家大事的方向性决策。慈禧太后发动宫廷政变以后，肃顺的权势一下子土崩瓦解，不但身败名裂，而且身首异处。这种宦海浮沉、人生祸福、瞬息万变，作为肃顺家西席的王闿运亲眼目睹，怎能无动于衷？又怎能不感到心惊胆寒？而天地间荣枯之事，且夕祸变，又岂止落在肃顺一家一姓？

王闿运在此之前曾经驰逐军间，做曾国藩的幕僚，又少年负才名，与当世名相世卿以文辞相许，姓名闻达于九州。王闿运也自视甚高，喜谈远略，他以青年中举、白衣秀士而登临于大僚之间，与达官显贵周旋，但他在哪儿都如雪泥鸿爪，不曾作太久的停留。或许在史籍的阅读中，他就早已洞察宦海的祸福悲喜是难以预料的事情，不想陷得太深，也未可知。不过，有一点可以肯定，他和权贵们只是一种若即若离的关系。

在湘军中，他看到将士们大多都是出生入死，死里求生，败中求胜，侥幸成名的。即如太平天国诸人亦莫不如此。在《湘军志》中，闿运虽称太平军为"寇"，但对"寇"的描写却很客观，他痛快淋漓地褒贬湘军之长短。

太平天国自洪杨首倡，于1851年1月在广西金田村揭竿而起，轰轰烈烈，所向无敌，前后历时十余年，在全国范围波及十几个省区，清廷之亡，似指日可待。但后来起义军发生内讧，形势骤变，天京为曾国荃所破，太平军死伤无数。而更令人心痛的是生灵涂炭。

目睹这一切发生后，王闿运在写给老友龙汝霖的信中也感慨万分：

夫官者无止境，而遭者有幸否，以令长为致身之资，则已末矣；以弦歌为三径之资，则未可料也。今居省城，视昔居省城时，何如？何忧其不足乎？为贫而仕，非兄志也。直以才智飙发，久闲不试，思欲一显其神明之誉。特不知出遇僻地，逢恶长官，将一无所施；或补大缺，迁高官，将欲罢不能。五十之年，仆仆行役，此有官癖者为宜，而以老兄之初志，又未屑与悠悠者浮沉矣。吾辈才德有限，必无富贵令名并集一身之事。以近事论之：永（胡林翼字永芝）、涤（曾国藩字涤生）、季（左宗棠字季高）、霞（刘蓉号霞仙），皆艰苦成名。筠仙（郭嵩焘号筠仙）最逸，犹卧矛杆；眉生（李眉生）弃家，乃得徐海；杏农（尹耕云字杏农）高名，困于张（之洞）、李（鸿章）；庸斋（杨岘号庸斋）上德，被谤广东；弥之（邓辅纶）九伤，辛眉（邓辅绎）坐啸；申夫（李榕）再劾，闿运长歌。出、处之分，较然如此！……

至交好友、当世名人鲜活的例子使王闿运深切地认识到，为官为宦者所历之艰辛，而一旦成名又为盛名所累。所谓"木秀于林，风必摧之"，当一个人位高名重，众目睽睽时，毁谤中伤自然随之而来。而

"众口铄金，积毁销骨"，使生活了无意趣。正是因为对此有透彻的了解，王闿运才那么悠然自得地把握好了出入分寸，不为名利所牵累。王闿运觉得远离政治，居于山水之间，出则以林树风月为事，入则有文史娱目之欢，不失为明智之举。与家中贤妇、乖儿巧女、善解风情的小妾厮守一隅，享受天伦之乐也是促使闿运退隐山林的动因。

王闿运甘愿身处乡村，不是由于外部的压力，也不是不得已走向归隐之路，如果是这种情况下的归隐，心有未甘，往往会自觉不自觉地发牢骚，或故作清高地无病呻吟。王闿运的退隐，是自己审慎的抉择。他将官场起落视为过眼烟云，并不耿耿于怀，唯一使他介意的大概只有早年在祁门"纵横计不就"的那一段生活。所以，他的文集中，无下第诗词，也无叹老嗟贫之作。他的诗文、日记除了体现他是一个渊博的大学问家之外，还体现出他是一位真切的生活者，睿智而诙谐的性情中人。在还不到知天命之年时，他就料定自己这一生将要像申屠蟠一样隐居乡里，以讲学为生了。因此，在与好友丁宝桢谈心时，他尽情吐露心曲，并为此怡然自得。王闿运告诉丁宝桢："少年时仰慕鲁仲连义不帝秦，如今年齿渐老，立志做申屠蟠那样隐居田园的学问家。"

王闿运所处时代的许多知识分子，对社会客观形势估计不足，却又缺乏自知之明，因而大多数人寻找自己人生的坐标时，很难恰到好处。他们为了自己心中追求的目标，在现实面前被撞得头破血流，然后才怏怏然走到属于自己的位置上，怨天尤人。王闿运却不是这样，他对现实生活洞若观火，很早就明智地选择了自己的人生道路，并无怨尤地处在这一位置上，这正是他的过人与洒脱之处。

有一件事可以生动地说明王闿运早已参透仕途之艰辛。在李鸿章去世时，他曾写挽联：

分陕兼一相之权，今古帅臣无与比；

专阃制四夷以外，夙宵忧惧有谁知。

李鸿章为晚清重臣，王闿运却能以冷静的旁观者身份，以自己与李鸿章交往中所体察到的实情，揭示出处于高位、位极人臣的那份"夙宵忧惧"的难言滋味。"又恐琼楼玉宇，高处不胜寒"，这种常人难以知晓的滋味也许只有个中人才有所体悟。

王闿运津津乐道的是怎样的生活呢？1869年，捻军起义已被平息，天下内乱稍定，这时闿运仍居衡阳石门，携子女以读书抄撰为乐。在这些日子里，他学术上成就颇丰。写《诗》《书》《易》《三礼》《春秋》二传，《尔雅》九经；注《易》《书》《诗》《礼》《春秋》六经及《管子》，撰《桂阳州志》，手稿盈筐，分为两箱。到了春末夏初，骄阳普照的时候，周围邻居们照习惯将家中藏衣在阳光下曝晒，一以防虫蛀，二以显示家中丰足。而王闿运却与旁人不同，他不晒衣物，而是晒书籍，晒文稿，有诗为证：

云汉中兴乐有余，石门容我赋闲居。

曝衣楼上花如锦，更曝亲抄手著书。

诗中有悠然自得的心境，还有"亲抄手著书"的踌躇满志情。以"闲"为乐的秉性跃然纸上。

后来他隐居湘潭山塘湾，不涉世事、吟读自乐的处世态依然如故。有一次小偷潜入室内，将家中的衣物偷走，甚至连爱妾莫六云几件上好皮毛衣服也被窃走了。家里人一片惊慌，而他却泰然自若，戏拈绝句一首：

犬吠山村月正明，劳君久听读书声。

貂狐不称山人服，从此蓑衣并耦耕。

其洒脱出尘，超凡脱俗的风度由此可见一斑。

二、浮名少味同鸡肋，乐夫天命复奚疑

王闿运青年时期有着"达则兼济天下"的理想，并以纵横家自诩。与曾国藩、李鸿章等人有过交结，也有过一段为自己的理想奋斗的经历，然而在这个过程中，他深切地感受到了"浮名少味同鸡肋"。在钩心斗角的宦海中奋争若干年后，王闿运不仅认识到自我奋斗是徒然，而且还体味到了权贵们的尴尬境遇：外表华丽风光，内心则常怀忧惧。因此，他打算效仿"采菊东篱下"的陶渊明，"乐夫天命复奚疑"，归隐东湖。他效仿着历史上那些抱负远大、节操高尚的知识分子，追求那种"永忆江湖归白发，欲回天地入扁舟"的境界。

1878 年，王闿运听别人津津乐道地谈起官场故事，心里感到厌恶。他深有感触地写下了《闻力臣与佐卿谈宦情，戏占一绝》：

风平浪静洁园空，有客闲谈笑顶红。

欲把道台谋一缺，十年前已薄夔翁。

王闿运在诗中道出了自己不涉足官场，心如止水的心迹。他讥讽官迷夔翁（即他的故交高心夔），说自己多年以前就哂笑像高那样的人了。

对于科举，王闿运年轻时确曾热心过，但很快便视其若草芥。他中举以后，虽曾参加过两次会试，但那几乎是一种应付，并不曾认真对

待。他的好友高心夔两次参加殿试，也都因赋诗出韵而落第。王闿运作诗嘲弄说："平生双四等，该死十三元。"

虽不是一味地往科举路上钻，但对于科举他确曾有着一番幻想和热情，他曾写过一首诗：

> 三岁相思八日留，回看锦石月如钩。
>
> 天边自有乘槎路，消尽痴牛呆女愁。

写这首诗的那年正好 20 岁，闿运刚从武冈回到明港。当时湖南因战乱而辍考，这年朝廷下旨特补乡试。因为正逢太平军起义，考生们都以为考官不能赶至湖南，消息不灵通，大部分人都不知道会如期开考，所以闲居家里。王闿运也是抱着同样的心理，在家蒙头大睡。后来，听到了开考的消息，急忙赶到省城应考。结果以第一名册送，中式第五。

1871 年（同治十年），王闿运已近不惑。他在衡阳隐居也已有 7 年了。自 1860 年（咸丰末年）英法联军攻入北京，清政府的地盘日渐被鲸吞蚕食，也已有十多年了。虽然王闿运曾因义愤填膺对天津教案办理失策上过《陈夷务疏》，但人微言轻，处庙堂之高的权贵们对此充耳不闻，王闿运的这份爱国之心、救国之策犹如泥牛入海——杳无音讯。这些事让他着实寒心。他知道，把持朝政的那些人不仅贪得无厌，而且都是些庸庸碌碌之辈。庸人当道，朝纲怎能得振？还不如一心治学，终老杏坛，既有益于当代，也可流芳于后世。此时的王闿运已不再有仕途之想。

"月明星稀，乌鹊南飞。绕树三匝，何枝可依"，生不逢时的王闿运每每想起曹操这首表现出求贤若渴的《短歌行》，就悠然神往，为自己的不遇明君、抱负不得施展而黯然神伤。无怪乎陈子昂当初登幽州台时发出"前不见古人，后不见来者"的沉痛悲愤感慨。王闿运自问：子昂处国运方兴之时，尚有此叹，叹己而已！我处国家积弱之际，不仅叹己，亦且忧国伤时！他追忆自己当时求仕的情形，反省自己宛如扑火的青蛾般愚妄，不禁凄然一笑。他对自己的这种心态进行了深深的反思：

> 银汉依然挂凤城，丹棱余水咽琴声。
>
> 月明乌鹊当年影，沧海茫茫万古情。

在心弦上流淌的仍是那数千年前高山流水的乐音，但现实却是如此令人悲哀，除了保存在心中的这种思慕之情外，闿运还能有什么可想呢？

他始终是一名举人。对此，闿运虽不以为然，但面对官场腐败、科举不振的现实，愤懑之情却溢于言表。直到老年，他对此仍耿耿于怀。在给杨度授课时，他曾回忆起会试的事情。

1859 年（咸丰九年），闿运进京参加会试。就是在这次会试中，和闿运素有交往而才学在王闿运之下的翁同龢中了状元，王闿运却连进士都未中。是因为才疏学浅吗？望着露出疑惑眼神的得意门生，闿运苦笑着摇头，有点无奈也有点愤然地说："那次会试前的几天，我们几个举子结伴游圆明园。其中有江西高心夔、浙江洪昌燕，还有一位便是这位翁同龢翁状元。正当大家兴致勃勃游赏京华风光的时候，高心夔说，曾公在我们家乡受困已久，好几年连个九江也没攻下，心情抑郁。这时，他手下一个幕僚的母亲去世了，想请曾公作挽联。曾一口应承下来。问及幕僚家世，知道这个人家中有九个兄弟，八年间四个中了进士。曾不假思索，马上说上联有了：'八年九子四登科，合众曰难兄难弟'。按说曾公本是作对联的高手，这种应酬性的联语应不在话下，但那时战事不利，心情欠佳，一时卡了壳，硬是到第二天才补出下联。诸位，曾公的下联是什么？限一刻钟交卷。翁、洪两位都低头细思，我也想了一会儿，很快地就对出来了。一会儿，高心夔说时间到了，诸位交卷。翁、洪都无可奈何地摇头。我说出下联：'万进孤云一回首，留此身事父事君'。高心夔听了，拊掌称赞说：'王壬秋你是不是早听到人说了，为何与曾公的原对一字不差呢？'我回答他们说：'我会怎知道曾公这种名不见经传的对联呢？不过是英雄所见略同罢了。'唉，这就是天道不公平！连'八年九子四登科'的对联都哑然失对的人，一个中状元，一个点探花。从此以后啊，我也就不太看重这劳什子科举了。"

王闿运退隐山林，讲学、著书不辍，声名日隆，影响益大，四海之内，早已被尊为一代鸿儒了。1906年湖南巡抚岑春萱将王闿运所著书上奏朝廷，请予褒掖。清政府破例授予他翰林院检讨的殊荣。那时，清廷已下了诏令废除科举，但是人们对举人、进士和翰林之类的头衔仍然十分推崇。不只是一般人视科举功名若拱璧，就是一些海外留学回国的博士也希望通过考试获得这种"荣誉"。乔茂谖聘詹天佑为铁路总工程师时，应詹的请求曾经建议朝廷授给他"进士"头衔。可见科举思想之根深蒂固。然而，王闿运却将这份殊荣视同敝履。巡府衙门转来朝廷特授他翰林院检讨的公文还没有正式传到他手里，消息早已不胫而走，一时间贺客盈门，家人、学生和友人都为此而欢庆雀跃，他却写诗自我讽嘲。诗中有一联极富讽刺意味："已无齿录称前辈，赖有牙科步后尘。"这里"齿录"即同年录，"前辈"则是就登科先后次第而论，与年龄无关。闿运被授予检讨时，科举已停，更没有什么"同年录"之刊刻，自然也就不会有谁称他为"前辈"了。"牙科"则是因为当时名医徐景明博士也不伦不类地被赐为"牙科进士"的缘故。诗既幽默，事也近乎滑稽。对于这件事，闿运在《日记》中也抒发了他自己的感想：得申报，授我检讨，从来不喜此名，今蒙恶谥矣。

别人认为殊荣而求之不得的，闿运他却将其当成"恶谥"，展现了他的名士风范。

三、隐居山林未肯闲，总为乡邻鸣不平

王闿运从四川成都尊经书院讲学归来以后，便将历年积蓄以及丁宝桢等人的馈赠用以在湘潭县云湖桥山塘湾购置田产，筑屋自居，取名"湘绮楼"，自号湘绮楼主人。

湘绮楼规模较大，分前、中、后三进。前栋为两层楼房五开间建筑，是楼的主体。楼阁中央悬挂三字泥金匾额"湘绮楼"，堂中上首挂湘绮画像，两边分挂黄自元书文天祥《正气歌》与陆润庠书《朱子治家格言》，均为二人亲笔屏幅。楼下有厅堂、客房等，两侧为厢房，楼上还设有为门人、学者讲习和研究学问的书房、藏书室、小讲堂等。

楼前有一水塘名荷池，碧波荡漾，遍植荷莲。湘潭素以莲乡著称于世，盛产湘莲，一直是向皇家交纳的贡品，种植荷莲是湘潭农家的传统。池畔环绕的是芙蓉、石榴、杨柳、梧桐。春来杨柳葱郁，芙蓉怒放，夏来荷花吐艳，石榴垂红。梧桐树高大挺拔，时有雀鸟营巢其上。楼两侧精心营造了花坛，种植芍药、牡丹、菊花、茉莉等各色花草。园道两旁紫荆、木樨间栽，约十余步有白玉兰一株，直达大门。大门在楼之右侧，两边各有大柏树两株，高耸蓊郁，据说那是湖南巡抚陈宝箴特地从长沙移送栽植的。出大门，围墙重绕，沿墙外池塘田坎曲折迂回约50丈而至左翼山门，山门下麻石台阶十级，门内弯曲如弓，三转九折，轿马均不能进入，只有步行方可走进湘绮楼大院。当地人说这是王闿运老先生不愿和官府结交才如此"别出心裁"，不让官员们的轿马闯入。

因此，当地流传一句话："进湘绮楼者，'文官要下轿，武将要下马'，骑马坐轿请回驾"。

湘绮楼中进为居室，同为五开间建筑楼房，与湘绮楼相距约十丈，两边有走廊相通，中为前大院；走廊后即是厢房，厢房与前进和后进有门出入，却不通中进。中进正中为堂屋，两边为卧室、书房，并且都有前房、后房；堂屋后面有后厅，花格门棂，十分雅静，是湘绮老人进膳之处。楼上为儿孙辈们居住。前院有金银桂树各一株，枝繁叶茂，亭亭如盖，入秋丹香扑鼻，溢盈满院，清香宜人。后院还种有葡萄，翠绿的葡萄藤爬满棚架，阴凉幽静。房屋后进部分为老庄屋修改而成，作为厨房、杂屋。整个庄院三面临着山林。樟、楠、枫、槐等各色树种及枇杷、桃、李、梨、柚等果树遍及房前屋后，十分茂密。

生活在这样的乡间庭院，徜徉其间，会不由产生"鸢飞戾天者，望峰息心；经纶世务者，窥谷忘返"之情，宛若世外桃源。王闿运老年生活除了偶尔出游，大部分岁月就是在这样一个幽雅秀丽的环境中度过的。安于隐居乡间，不干预地方政事，真正做到了身心俱闲。所谓干预地方政事，即借一己之声望威名，插手地方上与钱财有牵连的公众事务，湖南士绅几乎没有不涉足的。虽世俗以为甚美，诸儒之所通行，如社仓、义役及赈济等类公益事务，王闿运从不去干涉，只是依例照办。王闿运名倾天下，连督抚等封疆大吏都对他怀着几分敬意，若要插手政务，不过謦笑之间的事罢了，但他却置身度外。

王闿运不插手地方事务，也不是绝对的。湘潭县原有丽泽堂、育英堂、不忍堂、保节堂及学宫斋舍、礼器、习乐三所，县里人将它们称之为"四堂三所"，每年可从乡里收田租数万石。管事人一般都可利用职务之便，侵吞财产。大家公议将它们改并为慈善所，由王闿运负责。

对这种事，他虽不推辞，却也只是将有关管理钱财的具体工作分派给公认的廉洁能员负责，他自己绝不沾边。

他题的不忍堂门联很能反映他的心声：

世上苦人多，一命存心思利济；

湘中民力竭，涸泉濡沫念江湖。

王闿运体恤平民百姓，不只表现在思想语言上，而且身体力行，侠肝义胆替乡亲们打抱不平。

有一年，湘潭闹灾荒。富绅豪强囤积居奇，老百姓们饿得只能啃草根树皮、吃观音土。为了活命，饥民们只好组织吃"排饭"：轮流到殷实富户人家吃饭。众怒难犯，财主富户不敢当面顶撞，却暗中到县里诬告饥民作乱。县衙门得到绅商们的禀告，就派出衙役驱散饥民，并且抓了十多个饥民的代表。最后，知县以"聚众滋事，打家劫舍"的罪名，把这些穷苦百姓关进行刑的木笼里。受刑的人脖子被卡住，只能一动不动地踮着脚尖站在笼子里，排在县衙门前示众，苦不堪言。受刑的人饥渴难忍，日晒难熬，喘气都十分困难，再强壮的汉子也不消几个时辰便奄奄一息，体弱的甚至会立刻送命。

王闿运知道这件事后，非常愤怒，大骂"为富不仁""为官不义"，他拄着拐杖踱到县衙前。知县听说是王闿运来了，赶忙出衙迎接。王闿运用拐杖指着站在笼里的人问："他们犯了什么法？"

知县赶紧回答："他们聚众滋事吃排饭，形同抢劫。如不以儆效尤，任其发展，势必酿成犯上作乱的暴动。"

王闿运冷笑一声，说："该死，该死！不吃排饭该饿死，吃了排饭该站死！该死！该死！"说完，看也不看知县一眼，拂袖而去。

知县半天才回过神来：想不到平日不管事的王闿运竟动了这么大的

肝火，这位可不是好惹的，他一句话传上去，自己头上乌纱帽便不保了！于是赶快命令衙役将"犯人"们放了，然后颁布告示，晓谕全县士绅富商，开仓赈济饥民。

还有一次，王闿运家附近有位老头摇着一条载满黄土的破旧小船行进在云湖桥河中。当船渐渐摇近河上一道关卡时，航务官举旗示意停船检查。老头儿似乎没有听见，加紧向前摇去。航务官们不由分说，开枪射击，把一条本来就破旧不堪的船打得七洞八孔，老头子于是不得不将船摇到岸边。官员们怒气冲天地训斥着摇船的老头，老头吓得浑身哆嗦，一个劲地拱手求饶。这时，河堤上忽然走来了一位身着长青衫、手执拐杖的老者，这人就是王闿运。

航务官们见他走到近前，连忙恭恭敬敬地叫一声"王老先生"。闿运不动声色，故作惊奇地说："哎哟，这怎么得了！这船金砂土是我雇船从外地运来的。船被打成这样，可怎么办才好！"边说边摇头往前走，也不搭理官员们。

航务官们目瞪口呆地望着闿运离去的背影，觉得惹了麻烦，连忙向老头告罪："不知这船是王大人家的，我们马上赔您一条新船。"老头乐得顺水推舟，说："好说！好说！"

原来，王闿运有一天从湘潭县城回云湖桥，就是搭乘这位老人的船。得知老人家境贫困，仅靠着这条破旧的船维持生活，于是他就定下这条计谋，老人对此感激不尽。

在王闿运的湘绮楼附近有个地主，刻薄阴险。有一次，他无端责怪佃户赵七偷了他家池塘里的鱼，并且指使手下将赵七绑到家里，私设公堂，严加审问。面对恶霸的淫威赵七再三申辩也无济于事，赵七被狠狠打了一顿以后，被送到了县衙门。

赵七的妻子眼见着丈夫被关在县牢里被打得皮开肉绽，除了整日以泪洗面，实在想不出办法搭救。这时，有个邻居让她去找王壬秋老先生帮忙作保，说：要是他老知道你家赵七真受了冤屈，一定会替你打抱不平。赵七的妻子听了邻居的劝告，心怀一线希望来到王家。

果然，王闿运听了赵七妻子的哭诉，又见她是个老实厚道的妇人，非常同情。他愠怒地说："任意诬人偷鱼，不问青红皂白就抓去坐牢，真是岂有此理！"他对赵七的妻子说："你今天去县衙门班房里看你丈夫，叫他明天上午在班房的窗口等着我。"

第二天一大早，闿运就乘轿赶往县衙。时已近午，县衙知事听衙役禀报"王壬秋老先生来了"，慌忙出来迎接。王闿运与县知事寒暄一阵后，说："好久不曾来县衙，今天我想到外面转转。"县知事也不知这位脾气古怪的老先生葫芦里卖的什么药，只好忐忑不安地陪着他走。

王闿运刚走近牢门口，忽然一个壮汉的脑袋从窗口伸出来，向四面张望。王闿运一看，正是被诬陷偷鱼的老赵，便走上前去，"哼"了一声，气愤地说："哦！原来你被关在这里呀！那天我跟你下棋，要你让我一着，你硬是不肯。你也有这一天呀！"说完拂袖而去。

县知事送走王闿运后，身上冒出一身冷汗：这个"犯人"原来还跟王老先生下过棋，肯定和老先生非亲即故，这位老先生可不是好得罪的。他立即吩咐将赵七放了，还连连赔不是。将那个地主召来骂了一通："你在本县治下不安分过日子！好大的狗胆，要让我开罪王壬秋老先生！你想进班房么！"恶霸被骂了个狗血淋头，回家找办事的出气。手下吓得跪地求饶，道出实情："我该死！我该死！我是见赵七不在屋里，想去调戏他堂客，她不肯。我就向老爷谎报她丈夫偷了鱼……"

闿运对贫苦农民十分同情，可对达官显贵却毫不容情。

有一次，陈宝箴当湖南巡抚时，在宴会上，他想夸赞湖南人杰地灵，于是说，他特别羡慕楚地人才众多。王闿运环顾四周侍立的仆役，

陈宝箴世家，四代出了五位杰出人物：陈宝箴、陈三立、陈衡恪、陈寅恪、陈封怀，后人称之"陈氏五杰"

对陈宝箴说："这些人倘若都生在巡抚大人家乡，想必他们都能成为督抚。他们可是生非其地呵，哈哈哈！"对王闿运的这番幽默和奚落，陈宝箴虽然明知，却也只好装作没听见。

第七章 浮生信舟楫，九州在眼几席宽

王闿运一生喜爱旅行。读万卷书，行万里路，王闿运就是将这两者完美统一起来的千古奇人。"仁者乐山，智者乐水"，王闿运也是这样一位情结山水缘的仁者与智者。他将旅行作为生活的一种方式，治学的一种途径，遣兴的一种活动。

王闿运出门，最爱舟行：往来川湘不下 10 次，总是船来舟往，既有出没风波里的劳苦，又有潇洒飘逸的情致。他时常在湘潭、衡阳之间泛舟而行。以舟代步，是王闿运一生的独特爱好，也是他不同常人之处。身行万里，却似足不出户，只将陆上之家，整个儿迁移水上，家人相对一舱，衣服用具以及笔、墨、纸、砚、书籍等，一一随身携带。旅途中照样看书、写字，学术研究并不因客游而有丝毫懈怠。推篷得见远山近水，既无行役之劳顿，更能赏心悦目，远非车尘马迹、道路崎岖所能比拟。古人曾叹"蜀道之难，难于上青天"，在王闿运看来，却是另

一番情景：借舟楫取道巴蜀，易如反掌，其乐融融。屈身短篷孤帆，局于咫尺之地，常人未免觉得不那么自由，单调枯燥。王闿运以舟中读书为娱，舟行所至，遇有港湾，偶尔上岸或逛集镇，或流连于风物民俗，解闷怡心。王闿运就是这样悠然泛舟流连于祖国的名江大川之间，赏尽江山之美。

一、巴山蜀水几度行，文坛魁首遗萍踪

1878 年十一月初九，王闿运从长沙出发，坐船西行入蜀。

西行的头几天，天气晴朗。在坐卧都很舒适的小船中，闿运改改学生及儿女的功课，看看《水经注》，考证其中地名、水域。他在日记里写道：帆行五六十里，绝沅入澧。《水经》言沅、澧俱入江。《注》又以为澧别渎入沅。若洞庭水满，即俱入湖，今冬涸经行，亦可证澧水入沅之说。

王闿运就是这样一边旅行一边治学，所到之处必有所考，对于古书或地图上的记载，能证实之处，他都一一详加考证，以辨正误。

因为是上水船，时逢冬令，江面刮的是北风，偶尔飘雪，途中艰辛可想而知。中途要停舟处理书函往来等事情，船行了 10 天后才抵达枝江。一路上两壁多是悬崖，到这里，才见到两岸青山相对出。黛色寒烟、深岚积石，与江南群山翠绿蓊郁的景观迥然不同。他在枝江只停留了两日，忙着拜访友人，入城闲逛，考鉴风俗，王闿运对这一切都是那么意兴盎然。入丛祠，见一老僧古貌朴衣，王闿运停下来与之默坐。虽相对无语，却感受到一种离世的清幽，竟至忘却自己处于红尘俗世中。听说县斋后院有老杨树一株，大可四抱，高过五丈。已是日落时分，王闿运游兴不减，在夜里举着蜡烛去观赏，正所谓"昼短苦夜长，何不秉烛游"！残月正中，寒星映空，白露湿衣之时，王闿运兴致勃勃赏树之后，

王闿运书"大峡"五言诗横批（图片来自湖南省博物馆）

与二三好友谈天说地良久。

第三天，王闿运冒着严寒又出发了。这一路经过视野开阔的宜昌、江流湍急的青滩、新滩、雪滩，月底才抵达巴东，过天下闻名的三峡。

行入巫峡。他觉得两岸山石粗恶，不如传闻中那么美。古人曾有巫峡"素瀑悬泉"之说，现在山中已无瀑布，唯有高猿哀鸣，呼朋引类，高吭凄厉。王闿运接着考证三峡的沿袭：《水经注》以广溪、巫峡、西陵为三；唐人以黄牛、明月、巴东为三；又以巴、巫、明月为三。但以巫峡为最大。船过巫山，峡也并不觉险峻，只见山石粗疏，寸草不生，十分荒凉。至夔门，望峡口颇为灵秀，滟滪石则似盆中假山，只是色质粗涩不润，稍上有盐灶，船工们叫它臭盐矶。据说以前上面的盐不可食，近岁有家贫之人，试着尝尝，觉其咸香可口。

过万县后，仍然是逆水，水势平缓，一帆风顺，王闿运计算着行程，估计除夕前定可到达成都，沿途不急着赶路，不时上岸游览。靠忠县，参观倚崖奇构的石宝寨；登涪陵，品尝那里的各种榨菜小吃；上丰都，看一看传说中的"鬼城"是何模样，一路上十分尽兴。过重庆后，溯嘉陵江北上，再入涪江，到达蓬溪，上岸参观盐井。

通过实地考察，王闿运知道了盐井产盐的过程。盐工先在石上凿一洞，洞口不过三寸宽，洞深则从十来丈至数十丈，然后用钢铁往洞口内舂，直舂至见到盐为止。洞上面则架设辘轳转盘，系篾于竿，篾的长短视井深浅而定，将竿通到井底，则竿通为一筒，筒可容水一桶。用筒汲卤水上来。这就是液体原盐。好的井每天能得十桶左右，少的则只有一二桶。每桶卤水可得盐五六斤。打一口井用时五六十天，费用也不少，取水时要用两个工人。全部计算下来，矿主获利并不多，仅供衣食而已。了解了盐井产盐的经过，王闿运感叹盐工生活之艰辛。回到船上，在日记里作了详细记载。

从蓬溪上岸以后，王闿运便弃船陆行，坐上四川的"滑竿"，一边走，一边诵读诗文。12 月底，安全到达四川成都。这番入川，船行几千里，费时 40 多天，天气由凉转寒，王闿运却不觉劳顿。水上生活固然辛苦，却也苦中有乐，蜀中风景名胜，绝胜处不可胜数，途中风俗人情，处处将闿运引入新的境界，别有一番精神上的惬意和享受。

一年后，闿运又由成都回湘，走的仍是水路。回湘一方面是觉得讲席非可久居，不胜其劳，仅可一年。一方面却是因家眷没有随行，他一个人远离亲眷，生活上有着诸多不便，旅居寂寞。妻子梦缇身体也不太好，得回去看看。

1879 年 11 月 16 日，王闿运由成都返湘。这天，天阴沉沉的。一大早，他先将几个学生课卷看完、定了等第以后，就到友人处话别。不一会，好友丁宝桢也赶过来了，两人坐在书斋里，先是默对无言，后由丁宝桢打破沉默："壬秋，这次回家，过了年可一定要回来，我还有很多话要跟你说，有些事也想与你一起筹划。"

王闿运默然无语。在蜀一年多的时间，尽管自己也旁敲侧击地发表过一番有关用人的"牢骚"，丁虽像是听进去了，却不置可否，行动上依然如故；现在要走了，他又执意挽留。覆水难收啊！走已成定局！当然，王闿运也明白丁宝桢的苦衷，一方面他确想革新旧政，另一方面却动辄受掣，阻力重重。于是他很淡然地说："内人身体欠安，归期难定。""好！暂时就这样吧。"丁宝桢爽快地应允。他知道，自己若没有实际行动，老友是难以回心转意的。王闿运答应友人："过完年后，我尽量赶回来。"然后，两位老友一起赶至城门，与送行的各位学生会合。

王闿运登上了远行的船，望着不住挥手的丁宝桢，王闿运这才发现丁督的背脊似已有点驼了，他一个人站在码头上，似乎有意与那帮学生隔着相当一段距离，显得凄凄惶惶，又显得那么孤立无援。闿运心里顿觉悲楚，挥动的手不由垂了下来。"我该助他一臂之力！"他思忖着。转眼，水光山色吸引了他的视线。晚上，夜雨敲打着篷布，发出清响。听着这清脆的雨声，闿运想起南宋词人蒋捷的《虞美人·听雨》："少年听雨歌楼上，红烛昏罗帐。壮年听雨客舟中，江阔云低、断雁叫西风。而今听雨僧庐下，鬓已星星也。悲欢离合总无情，一任阶前、点滴到天明。"而今自己也已是两鬓星星，仍然一事无成，与家人离别，客居千里外。一时间，世事人情翻江倒海浮上心头，别是一番滋味在心头！让人高兴的是离家越来越近了，妻儿子女的欢笑近在眼前了，王闿运也就不再想太多，将满腔的离愁别绪和人生百味都抛至九霄云外。也暂时将是否回川的纠结丢到爪哇国了。伴着淅淅沥沥的雨声，王闿运渐渐地进入了梦乡。

船于 20 日到了乐山县境内。行到中午后，两岸才开始出现连绵不断的奇峰险峻，间或有石壁耸立，峭壁顶也时时泛出苍翠峻秀之姿。王闿运本想去陵云山看乐山大佛，却因在船舱里埋头抄写《诗经》，误了行程，没有去成。只好在山下远望，以遣游兴。第二天一早，船还没开，便移舟对岸。于是，王闿运借此机会登乌尤山一游。

船过道观时，船老大说在那崖石下原来有一巨大圆石，涨水时，舟顺流而下，稍不留神，便会触石而碎，舟人以为险绝之地。然而现在，当闿运经过的时候，巨石早已凿开，险境已不如传闻中那么恐怖，"知险阻患难不在天也"，闿运感叹之余，在日记里记下这句话。

小船顺江东下，闿运每天抄书，并考《水经注》。连日清静的生活，王闿运的心境悠然自得。想起自己从泸到巴，行程二百余里，一路悠长渺漫，不觉其远，不觉其累；若逆水而行，必定要延旷时日，则只可供商运，不宜行旅。而《水经注》注此粗疏阙略，应当补叙。他日记中又记下了这一笔。

船过了江津，12月2日到达万县，已入峡中。连夜细雨绵绵，江流声宛如碎冰叮咚，听着这一片江声夜雨，闿运记起杜甫诗"江鸣夜雨悬"之句，往时未察，今日悟诗境之美，用语之妙，那一个"悬"字，状景工切，用得妥帖之至。原来杜诗所写都是其身之所历，心之所照。过万县南浦，王闿运将船泊在去年停船之地，望着东去的山势连绵不尽，想到去年也曾在此泊船，时光流逝，又越一年："行遍天涯真老矣，愁无寐，鬓丝几缕茶烟里"，闿运想起自己年来离家别亲入川专事教席，蹉跎半生，虽无羁愁之苦，回思驰骛，寂然神伤，关山之感，行役之愁，蓦地涌上心头。他不禁感慨唏嘘，这样的触景生情，闿运偶或有之，却并不沉湎于中。次日起床，闿运专心抄书、赏景、吟诗。12月19日抵达长沙。

从1879年至1886年，王闿运数度往返川湘，巴山蜀水的风光，沿途典故趣闻，已烂熟于心。最令他难忘的是光绪十二年回湘之旅。

1885年11月随他入川的爱妾六云卒于成都，次年2月，王闿运扶柩还乡。那是过完年后，学生们刚刚回到书院。王闿运将他们召至书斋，很有些伤感地告诉学生们自己即将回湘的打算。陪伴自己半辈子的六云溘然已逝，恐怕再没有能如此称自己心意之人侍奉于侧了。丁公又日见衰老，自己或许再无机会返回四川了。想到这里，王闿运心里不由凄然。看着这些朝夕相处的学生流露出的依依不舍之情，他心头一热，劝慰学生们说："天下无不散的筵席，再说，为学在得师，不在从师。希望我走以后你们能像我在这里一样，钻研学术，日益精进。"

学生们一个个心情沉重地听着老师的这番教诲，想起平日严肃的老师今日也跳出了手捧经典时的威严和沉重，溢出一片真情，心头阵阵发热，眼睛不觉湿润，却找不出适当的话来安慰德高望重的老师。

学生们纷纷去丁宝桢那儿，要求挽留这位大师，王闿运因家事所迫，去意已定，回湘是不可更改的事情了。2 月，闿运先让六云的灵柩登舟，然后率诸女随后而行。学生们痛别先生，丁督也仍似当年那样站在码头上送别老友，不住地挥手致意。一路上，虽然女儿们故意宽慰父亲的心，但王闿运还是闷闷不乐，早春二月的江流，已渐渐解冻，两岸群山上的积雪也已悄然融化，大体上仍是冬景萧瑟。王闿运心头似覆盖着冰凌，丁督渐入老境，身体每况愈下。一家人入川，先是佳儿逝去，如今六云也魂归异乡，他觉得此生已无望复出，第一次来蜀的万丈雄心也已随着岁月的消磨、人事的变更，跌落谷底，所剩唯有"蝉蜕尘埃外，蝶梦水云乡"的无奈了。

这次回湘，闿运不似以前每次船来舟往时那样悠然自得地抄书、观景，更多的时候一个人待在船舱里，漠然出神。岁月匆匆，青春不再，闿运这一年里似乎显得苍老多了。

3 月 4 日，王闿运一行抵达了长沙。这是他一生中行程最长，历时最久，心理起伏最大，精神痛苦最深的一次赴义履难之旅。

二、吴越风光添秀色，湖山盛处留佳吟

旅行是王闿运一生中除读书著文之外的最大快事。但最为轻快的游历还是年轻时的吴越之旅。1858 年（咸丰八年）12 月，王闿运正是血气方刚，他兴致勃勃地从江西建昌来到曾国藩军营，当时李元度、许振祎和李鸿章都在曾麾下效命。这年 9 月曾军在三河镇一役大败后，闿运在军中停留了 3 天，曾国藩亲切地接待了这位忘年之交，提起这次战役的失误，不胜感慨唏嘘，深悔当初没采用眼前这位年轻人的"缓兵之策"，致有此次兵败之辱。王闿运不多言，多用他事岔开。临走留下

《建昌军中夜月感事赠曾侍郎，时有三河之败》诗劝慰了曾国藩一番。然后，在朔风严寒里他由赣入浙，在杭州度岁。

出严陵滩至桐庐，旅程匆匆，抵达桐庐正是日暮时分，阴云升起。风过处，荡起阵阵江波。王闿运伫立船头，望暮云低树，感怀自己岁末仍在沐风栉雨四处奔波，连大年三十也不能与家人团聚。一想到古来贤达，为了实现"兼济天下"的理想，有谁不是离家奔走羁游在外呢？船过富阳，只见两岸白雪皑皑，朱楼玉瓦掩映于上，岸边树木成林，琼雕玉琢的寒树尤为明丽。舟子们悠悠地荡着桨，惊起一只只飞凫……王闿运陶醉在沿途美景中。

舟过钱塘后，夜半渡浙。虽是黑夜，透过雪光，但见白雪漫天飞舞，时而传来雁叫声声，鸡鸣阵阵。在这"江阔云低，断雁叫西风"的氛围里，王闿运躺在船上，久不成寐，愁绪满怀，诗兴骤起，于是他披衣起床，挥毫而就：

> 雪渚雁鸣风，夜江鸡唱寒。寂听动哀响，寥亮满江山。羁情苦飞越，冯虚忽超迁……

除夕到达杭州，王闿运放下行李便去登吴山，游览杭州城。战乱虽在邻近地方，周边已是鸡犬不宁，岁末的杭州，却似乎全然不受太平军的影响，仍然市肆窈窕，冶游如昔。真个如北宋词人柳永《望海潮·东南形盛》中所叙：

> 东南形胜，三吴都会，钱塘自古繁华。烟柳画桥，风帘翠幕，参差十万人家。云树绕堤沙，怒涛卷霜雪，天堑无涯。市列珠玑，户盈罗绮，竞豪奢。
>
> ……

几百年过去了，此地风情仍不减其胜。有感于此，闿运作《除夕登吴山，观杭州城》以寄怀：

伏生眺武昌，庾信哀金陵。王气一朝尽，山川不再兴……心忧思何其，岁晚叹无朋。

1859 年（咸丰九年）正月初三，王闿运畅游西湖。泛舟西湖，只见波光粼粼，湖水清澈澄碧，岸边垂柳、修竹一一倒映水中，杂沓摇曳，煞是有趣。这时正是年初天寒，水面湖风料峭，并不是游湖的理想时机，加之家家团聚过年，游人稀少，只有稀稀落落的几只画舫游弋湖上。没有十里荷花、三秋桂子，唯一可观的只有断桥残雪了，当船上的人惊呼"那是断桥"时，闿运举目望去，一座并没有多少特色的灰白石拱桥映入眼帘。虽也有些未融的白雪点缀其上，三三两两的人群漫不经心地从桥上走过，的确算不上什么好景致。唯一能在心头泛起涟漪的是千百年来流传下来的许仙与白蛇断桥相会的浪漫故事。

想到这里，王闿运心念一动，想起了空闺独守的妻子梦缇。这么些年来，自己一直东奔西跑，里里外外都是梦缇一人在家操持，不知有多艰难啊！家中山前屋后，蜡梅应该盛开了，早已是岁尾年初了，梦缇该是天天倚门盼望丈夫的归来！"宵梦故山梅，灼灼春前荣……"自己早些天寄回家的信，不知她是否已收到？因了这心头浮起的温柔情愫，眼里的断桥也显得美丽起来，他仿佛看到了雨雪霏霏中，白娘子撑着油纸伞轻移莲步，向许仙款款地走来……离愁别绪涌上心头，此刻，他真有些归心似箭了，然而王闿运还是打消了回家的念头，还有许多事情羁绊，不得脱身。想定以后，他漫步向苏堤走去……

王闿运游西湖后，游历苏州、扬州，经过淮安，然后乘车入京，3

月居晋阳馆，4月会试。发榜后知道自己名落孙山，王闿运也不怎么放在心上，仍然留在京城，寓居法源寺，不时与名贤聚会，并通过龙汝霖认识了肃顺。

这是一次万里之游，由西至东，由东至北；由军旅而湖山，由湖山而名城，最后以结识肃顺而告终。他认为在肃顺那里也许可以施展一下自己的政治抱负，这是一次颇有所获的旅行。

东游是一片锦绣繁华，北游满眼空阔壮伟，各有其胜。30年后，1889年2月，王闿运又一次北游，这一次，他携子女住在天津李鸿章的吴楚公馆。京津两地，他游了个尽兴。直到8月他才离开天津到达上海，带着儿女们游苏杭。

1899年12月，将近古稀的王闿运再度重游吴越。途中移船盘门，此时盘门已为日本码头，人事已非，山河已改，非复旧游之景。王闿运有说不出的感慨。历时半年，几乎是举家出动的旅行，由南到北，由北到东，行程数千里，堪称一次豪游。

12月21日，王闿运来到杭州城，当天就到了西湖。黄昏时看三潭印月，游东西曲阑桥；虽是冬天，山上树木依然葱郁，两边湖面水波不兴、清澈如昔。只可惜没有让人暂憩的亭台楼榭。闿运前次来杭时，未见曲阑桥，所以认为苏堤、断桥为胜。今天，他从曲阑桥看湖山胜景，便认为此地为西湖第一景，而周围树木也葱郁翠绿大胜于以前。

27日，雨雪连绵竟日。这天一大早，王闿运由几位从前的学生陪同前往孤山探梅。一行人来到孤山，孤山的梅也像那风雨飘摇的世道，开得稀稀落落，颜色暗淡，但枝桠虬劲的古梅树、小巧玲珑的小山石十分入眼。

转眼间，年关已到。王闿运在杭州又一次度过新年。在学生们的热情陪伴下，这个年过得倒也热闹，政局混乱却令他忧心。甲午战争失败后遗症远未消除，维新他并不热心，时局更加混乱，整个中国正酝酿着一场新的大变动，全国上下"山雨欲来风满楼"，市面凋敝、人心惶惶。欢乐的情绪好像这冬日晴阳，好不容易露出一点太阳，又倏地隐了去。

正月初三，虽仍然是风雨凄凄，王闿运与几位学生一同游净慈寺。净慈寺已全非昔日景象，轩堂都是新修，寺外梅花迎寒怒放，在风雨中更显风姿绰约。世事纷乱，善男信女们更加热心佛事，祈求菩萨保佑平安，山寺香火依然鼎盛。庙中知客闻知大名鼎鼎的江南才子王闿运来寺游赏，又见陪着他来的那些人一个个丰神俊逸，十分热情地接待了他们，并且力邀闿运题词。闿运即兴作《乱后重题净慈寺》一首，并援笔为李僧书写留念，诗曰：

南屏启法宇，石嶂抱花台。

楼观信回互，轩窗俱朗开。

新松秀乳窦，旧磴积苍苔。

不睹兴复难，岂念物力恢。

清游及春始，践雨弄病梅。

幽芳亮无歇，代谢理相推。

幸澄观空境，何伤年序催。

游完净慈寺，又访雷峰塔，游览尽兴而归。

11日，朋友约游武林山，王闿运欣然前往。这一天的游程，闿运在日记里记之甚详："入山三四里，便至灵隐寺。小坐片刻，喝过香茗，便步行登发光，又至庵小歇，看金莲池，再上炼丹台，是白香山的遗迹。下至罗汉堂，出憩冷泉亭、呼雷亭。泉流声不甚响，似乎名不符实，饭后出看呼猿洞、一线天。下至天竺，涧东流、涧北三寺皆毁于兵火矣。"可说是脚不停步，目不暇接。

下了武林山后，他又与友人同游西湖，再次漫步苏堤，移观花巷……心旷神怡，年事已高的王闿运这时已没有其他的想法，近七十的古稀之人，只想借这难得的机会与友人和学生痛快相聚，尽兴地饱游杭州诸景。

这次余杭之游达一个月之久，不像过去那样俗务缠身、走马观花，现在他是世外逸人，尽可以"下马观花"。这是他一生中最为酣畅的一次旅游。离开杭州，他去平湖访友。二月初一到达苏州，经常州、镇江，抵汉口，24日返回长沙。

这次东游杭州，给王闿运留下了十分美好的印象，每每回忆，都是意犹未尽。1901年（光绪二十七年），在为友人题彭雪琴画梅图时，王闿运仍记念着杭州风光，认为西湖的景色最好、最美丽：

姑射貌。旧日酒边曾索笑。春风吹醒人年少。花开花落情多少。明蟾照，人间只有西湖好。

1909年5月，江南总督端方移督北洋，7次电邀王闿运前往江南。王闿运在大儿子代功的陪护下，16日从长沙乘江轮顺湘江而下。17日至汉口，20日至南京，21日端方亲自到王闿运寓所拜访，与他畅谈时势。这次时局之议正在中国历史处于大变革前夕。22日端方陪同王闿运，泛清溪，下秦淮。六朝金粉之地的秦淮河，如今更为热闹，窄窄的河岸两边，白墙碧瓦的歌楼舞榭鳞次栉比。河中画舫游弋，歌伎们清脆、甜腻的声音弥漫在空气里，营造出十足温柔富贵乡的气氛。

24日夜，王闿运到藩署瞻园，晚游秦淮，十会惬意。回到寓所，刚好看到桌前一幅《都门帐饮图》，想起白天百无聊赖的宴集，秦淮河上高官阔少的对酒吟歌，自己年轻时的梦想，千头万绪，一时涌上心头：

清 袁江《瞻园图》局部

　　几辈清流，选谏草、更得谏垣甄别。此生亲见，三度杨花榆荚。那禁得、宫树流莺，有百般巧语，暗似鹈鴂。不如早去，一任寄巢啼血。

　　江湖未须回首，向故山隐处，自寻薇蕨。渔阳鼙鼓动地，苍黄宫阙。问东门、那时帐饮，更怅望、斜阳柳隙。一掬离恨，都付与、铜琶铁笛。

　　写罢，闿运不禁心潮起伏。想起白天游莫愁湖时，欲对景题一联，一时未曾有合适的。此时，略一思索，真是"竟日觅不得，有时还自来"，挥毫而就：

　　　　莫轻他北地燕支，看画艇初来，江南儿女生颜色；
　　　　尽消受六朝金粉，只青山无恙，春时桃李又芳菲。

　　余下的日子，闿运先是在会馆与众人议修铁路事，然后就是出入频繁的欢迎会、欢送会，与友人、学生会饮，南京之游，他忙得不亦乐乎。

王闿运一生，数次游历吴越，吴越的山山水水在他心中永远是那么秀美迷人，它恰似天边丝雨、自在飞花，点染着闿运的人生，一直到老。

三、岱宗烟霏来望眼，豪情逸兴满诗心

1886 年，王闿运的挚友丁宝桢逝世。噩耗传到长沙，王闿运悲痛万分，想起这些年来在四川与丁宝桢共度的时光，两人相知的情分，不禁悲从中来，潸然泪下。而今，友人已逝，故人亦多半如风流云散，唯剩自己孑然一身，心里有说不出的沉重和压抑，他决定秋后到济南参加宝桢的葬礼，送老友最后一程！

9 月，王闿运从南津港登江轮出发至汉口，见船上外国人嚣张跋扈，不像以前那么有规矩。对此，王闿运感叹："大概中国以名为政，外夷以利为政。以名为政的弊端在于口称孔子而实行盗跖之行；以利为政的弊端则在于如果能够弑逆而得利，则很少不去那样做的。轮船初来中国时，好像大将行兵，至今 20 年了，国人心态却仍如童生应试。童生应试心态是中国两千年来的积弊，而现在夷人仅用 20 年来就发展到了这种地步，中国之弊俗确实值得人思考啊！"

王闿运乘坐轮船至清江浦，然后转车到了济南，参加丁宝桢的葬礼。王闿运心里满是沉重悲思、孤独寂寞。为了从这种失去友人的情绪中走出来，葬礼之后，闿运特意到了泰安游岱祠。祠就在泰山之麓，祠前有数株丑柏，形貌奇古，这就是世所盛称的六株汉柏。

10 月 1 日，王闿运行至泰山下，过涧东，走正路入六门。道路两旁一排排被称为送迎柏的柏树矗立两侧。山崖峭立，高耸入云的石阶，直至山顶，山上苍郁的柏树则不计其数，山腰弥漫的浓雾，已化成了渐

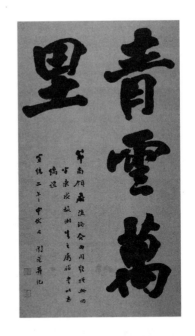

王闿运书"青云万里"

淅沥沥的小雨。沿石阶拾级而上，能感受到柏林里传过来的阵阵凉意。不一会儿，王闿运来到了斗姥宫尼院。小坐片刻，尼院的住持听说是王壬秋先生来了，连忙出来迎接。大家分宾主坐定后，小尼姑奉上香茗。法师盛邀闿运题诗。

王闿运不便推辞，思索了一下，用工整的楷书题下：

泰山诗·孟冬朔日登山作

崇高极富贵，岩壑见朝廷。

盘道屯千乘，列柏栖万灵。

伊来圣皇游，非余德敢升。

良月蠲吉朔，攀天叩明庭。

时雨应冷风，开烟出丘陵。

仙华润春丹，交树盖秋青。

……

王闿运又继续攀登好几里路到了回马岭，这里翠柏参天。伫立柏树林中，王闿运遥想秦始皇昔日的求仙访道：秦始皇来到了泰山，想从此远眺蓬莱。风飘雨骤，前路茫茫，他只得独立徘徊松下。后来，霍家都尉死山顶，汉武匆匆旋玉轮……而今，所有这些叱咤风云、梦想长生的人物都已不复存在，只有阴阴十里柏，肃肃冷冷，了无妄心。穿行在柏树林中，王闿运感慨万千，在四川的时候，自己有时不也像妄求长生的秦始皇一样愚妄？知其不可而欲为之。如今，实现自己抱负的最后一线希望，也随着稚璜的逝去而成梦幻泡影，望着这些静默无语、悄然矗立的柏树，王闿运心头泛起千层涟漪：王闿运回思自己多年来的所作所为，感念古人，情不自禁地写出了这首《泰山回马岭柏树歌》。

……

株株自谓梁栋材，千年枉向空山老。

岂知此山百万株，云间各有神明扶。

八十七君屡兴废，明堂梁栋皆丘墟。

从臣同来见此柏，亦言名字垂金石。

当时解笑秦汉君，今日几人如李霍。

龙藏麟见古今殊，大圣栖栖非小儒。

颍水牵牛渭投钓，阿衡负鼎闵怀珠。

社栎十围欺匠石，卞珪三刖困泥涂。

日暮长风送归客，且从松子访盈虚。

沿着柏树林前行五里便至中天门，王闿运在中天门宿了两日后，又继续攀登来到了瀑梁。有五大夫松，自此再往上走，便有松无柏了；往前再行里许为对松亭，当时风雪大作，草茎尽冰寒，不能前行。又还宿伏虎寺。三日天晴，王闿运坐轿上山，一路游升仙门、南天门、碧霞宫，最后到达日观地。浓雾罩着四面山峰，站在日观地什么也看不清，大约以"海如杯、河如线"足以形容之。再向西便上玉皇顶，就是唐诗人杜甫《望岳》称颂的绝顶。下来至经石峪，附近有极古登封处、恶奶奶庙（又云卧奶奶庙，因庙里有卧像得名）。

下山回泰安还寓所，在路上，闿运思忖着孔子"登东山而小鲁，登泰山而小天下"，以及杜子美"会当凌绝顶，一览众山小"等赞美泰山的千古名言。亲游泰山之后，他忽地觉得杜子美并不真正了解游山。游山其实可以养性情，恰如声色，亦可以助成学问，诗文亦可以蓄泄天和。人不可逐物而忘我，如人哀亦哀、人乐亦乐，那么就变成役人之役，适人之适了。况且天下怎可以说是小，人们尊孔子，小诸儒，其实并不真正了解孔子……

王闿运从长沙到济南，跋涉及盘桓共计 38 天。他其实基本无心观赏一路上的风物，身心沉浸在失去挚友的悲痛中。于舟车中得七律诗 42 首，五言古诗 5 首，七言歌行 1 篇。描写一路所见之风物景色，抒发了他在丁宝桢逝世后万念俱灰的情感。在济南他还写了一首《济南冬煊，独居感兴》：

赏心易为欢，良辰不可期。

百年已过半，佳日未盈期。

晚节谢物役，翱翔养天倪。

西游江漾原，东薄河沛湄。

迫此凛霜晨，赖蒙昭日熙。

永昼临南窗，和光每融怡。

适意在离人，独喻当待谁。

莫逆既从化，斯情永矣哉。

在这首独居感兴诗中，王闿运既抒发了莫逆之交永逝的悲痛情怀，也显露出良朋难再，一展宏图的渺然难期。

王闿运一生行路不可以道里计，行船不可以日夜计，东西南北，遍留萍踪，自青年直至老年，游兴未曾稍减。他最喜舟行，将舟行当作居家，照样做学问，作诗写文章，是切切实实的"行万里路，读万卷书"。

第八章　离心共摇曳，与子乐为琴瑟吟

王闿运的家庭生活和谐而温馨。在母亲面前，他是体恤长辈的孝子；在儿孙面前，他是仁厚慈爱的好父亲、好祖父；在妻妾面前，他是恩爱有加的好丈夫。

一、室中有贤妇，高莱妻之节

王闿运特别重视家庭。待妻妾，他温柔多情；对儿女，他舐犊情深。

王闿运于1853年冬天结婚，夫人蔡氏，本名菊生，也是湘潭人。祖父璜，以义侠仁声名闻州郡。父亲荣森，在读书时以文著名，隐居不仕。母亲李氏也出身名门。

因为母亲早逝，菊生由祖母带大。她长得端庄秀丽，明眸广额，贤淑有德，纺织、刺绣等女红无一不精，略通诗书，是一位知书达礼的大家闺秀。渐渐地，菊生长成了一个 18 岁的大姑娘。因为门第好，又才貌双全，去她家说媒的人络绎不绝。然而她对上门来提亲的一个也不中意。

王闿运是湖南的少年才俊，性格直爽，又有点恃才傲物，在个人问题上，有钱有势的他看不上，有貌无才的他又不动心。才貌双全的委实难寻，他的婚姻大事就这样几经蹉跎，直到 20 岁还没有成家，在当时这个年纪还没成亲的比较少见。王闿运的母亲一个劲地替他着急，在家里整天长吁短叹。

这其中有一个插曲。1850 年，王闿运与一左姓女子相识，两人互相爱慕，想要谈婚论嫁，但因左氏女已有婚约而未成。两情相悦却未能成眷属，左氏心情郁郁，一年后竟因病去世。王闿运在这年的七夕诗中自注说："其秋，纳征。其冬，左女病殇。"在婚姻上，王闿运安慰母亲："命里有时终须有，命里无时莫强求。儿子的婚姻是命中注定的，您会有一个贤惠的儿媳妇的。"

王闿运的好友丁果臣常听好友蔡荣森说他女儿菊生秀外慧中，鼓励王闿运前去求亲，并愿亲自说媒。王闿运却不喜欢这一套，一开始没答应。后来，丁果臣又对王闿运说起蔡氏，故意说："这位蔡小姐啊，高傲得不得了，多少媒人磨破了嘴皮，踏破了门槛，她愣是一个也看不上眼。我劝你还是别去碰这个钉子吧！"

年少气盛的闿运果然中了丁果臣的激将法，说："竟有这等高傲的女子，我一定要向她家提亲！"

当时，菊生家境丰厚殷实，王闿运家境贫寒。王闿运提亲时，菊生的母亲怕女儿嫁过去受苦，对于这门亲事十分犹豫，但菊生早就听说了王闿运的文名，就红着脸告诉家人，只要人才出众，她不嫌弃王家穷，亲事就这样定下来了。过了两年，两人成亲了。旧时女子出嫁后，往往由夫君取一个新名字，王闿运记得当时问菊生名字的那天，恰好梦见通报的人拿着红锦金书，上面清清楚楚写着"缇"字，成亲后，闿运给蔡氏取字"梦缇"。

刚成亲时，性格率直的梦缇有时不免举止任性，说话时语音特别低重，王闿运对此有点闷闷不乐。有一次，王闿运故意问她有关家事，想为难一下新婚妻子。谁知梦缇都应对敏捷，委婉而有礼节，王闿运不由对她刮目相看。尤其是在闿运听了梦缇经历的一件事后，就更为敬重。

梦缇是个从小就懂得礼仪大义，教养有素的闺秀。在她小时候，外祖母李太恭人将自己平时所积攒的私房银子放在葛氏姨母那里，约定将利息作为梦缇出闺时的嫁妆。后来，葛氏病重，临终前指着箱中所藏的李氏财物，对儿子、媳妇说："这是李姑妈（外祖母）的东西，你们一定要代我交给她，不能负人所托。"葛氏家人并没有遵循她的遗言将财物还去，过了不久，李太恭人也去世了。有人劝梦缇去要回银子。梦缇说："如果这样做，就会使先妣之过昭显于人，我不忍心啊！"亲戚朋友听说这件事，赞叹不已，以为葛家儿女不良不义，而梦缇这样做难能可贵。

对于生活中一些大事的处理，王闿运与妻子往往不谋而合，从未发生龃龉，梦缇治理家事井井有条，远近闻名。

新婚仅三月，梦缇回娘家探望双亲，因太平军进犯湖南，长沙闭城，不能回家，王闿运写诗寄相思之情。

梦缇短暂出门，他也会到渡口迎接，苦苦遥望：

> 耦步出城阙，行行望湘圻。
>
> 野旷夕飙厉，日落青林微。
>
> 川梁既暌绝，惊浪使我疑。
>
> 佳人失良约，暮色久蔽亏。

徒知来帆尽，伫立未敢归。

思深望道长，空返觉路迟。

别数恩愈浓，岂吝一夕期。

无谓我独劳，嘉时不可希。

诗词尽显闿运望尽千帆、久等妻子不见的怅惘期盼之情。

王闿运离家出游或在外谋生，再忙再累，也总忘不了写信回家。从他的《与孺人书》可以看出两人之间情意缠绵：

十年相守，一旦分襟，既殊少小之愁春，复异关山之远役，想卿独处，应不劳思。然孔雀五里而徘徊，文君白头而踯躅，况于燕楚异地，凉暄殊节者乎？当阶红叶，寸寸芳心；入室燕雏，喃喃款语。中人偶望，远感仍来。又足以驻景延年、化公为童者也。沔口还书，已恨汀洲之草；都堂纳卷，独听残月之钟。虽曰暂游，诚为多事。但道长难梦，昼永空销；已骛锱尘，终迟革鞍。分无壶公缩地之术，而有景纯愿夏之心。岁月将驰，优游而已。子吟桂树，我咏条枚，既见不遏，方谋同老。安神房内，蠲忿忘情。如曰相思，手书为慰。

写信时，王闿运正当而立，正是年富力强、施展才华的时候，所以时时远游，以实现他纵横家的抱负，坎坷的经历、无望的奔波，使他渐渐感觉到自己空有壮怀，可能难以成事。确如他信中所说"虽曰暂游，诚为多事"。远游在外，功业上难以建树的王闿运常常思念贤惠多情的妻子，"一种相思，两处闲愁""才下眉头，却上心头"。

1863 年，王闿运去广州后，写给妻子的信，大都文辞优美，情深意长。为了不使体贴的妻子为远行的丈夫担忧，王闿运便写信将沿途所见所闻尽叙于信中，希望妻子能借此一解愁闷。

又过了几年，王闿运 38 岁了，腊月里他冒着风雪，风尘仆仆从衡阳赶回湘潭。老远地只见梦缇站在门口笑吟吟地相迎，满脸惊喜，满脸的甜笑，让闿运深深感动，于是，他顾不得暖一下手，就写下了一首诗：

> 骢马缠冰雪未开，渐看鸳瓦认妆台。
>
> 莫辞笑靥灯前出，十七年中第一回。

梦缇心中感动，想起这些天自己天天盼望夫婿归来的苦心，马上和了一首：

> 开尽红梅向北梢，薰笼添火自朝朝。
>
> 只应夜雪怜鸳瓦，飞近琼楼逐旋消。

读着诗，望着窗外绽放的红梅，两人相视而笑，温馨盈心。

在四川尊经书院，王闿运曾写过几十封信问候妻子，询问家中诸事，诉说旅途思乡情怀，于平淡中见深情。1879 年冬，王闿运又一次到四川，行到巴县，船靠岸边暂歇。听同船人说这个地方擅产化妆用品。王闿运马上派人去买了四盒堕林粉，寄给梦缇，并在后面赋诗一首：

> 江州堕林粉，旧擅六朝名。
>
> 无人知古艳，独买赠芳馨。
>
> 莫恨红颜老，曾窥玉镜赪。
>
> 从来有名价，已足重千龄。
>
> 世女那能妒，妆成见典型。

到四川后，王闿运思念妻子，思念家人的心一刻也不曾止息。他给家里写了数十封信，也接到梦缇写回的数十封信，鸿雁往来，风雨不疲。王闿运将每一封信读了又读，隔几天又翻出来读，捧着信就像捧着妻子的笑脸一样。他将一封封信珍藏起来，并且细心地给它们编上号。

王闿运与梦缇婚后共同生活了38年。38年里，两人虽也曾因为治家的问题有过分歧，但总的来说，婚姻生活较为美满。梦缇育四子四女，因为多年独自操劳家务，57岁那年，梦缇终因积劳成疾去世了。她去世后，王闿运再未续弦。

二、琵琶弦上说相思，莫姬哀词诉衷情

王闿运有妾莫六云。王闿运敬重梦缇，与梦缇之间相敬如宾，两人的感情就像一泓深潭、波澜不惊，却深幽无比。他与妾莫六云之间的感情，像汹涌的河水滔滔不绝。他纳妾时，已是婚后十余年，莫六云与闿运的相识，浪漫又富有传奇色彩。

1863年，王闿运应筠仙之邀赴广东巡抚衙门暂时充当幕僚。衙门附近有一座酒楼，新近来了位20来岁的莫姓歌女，芳名六云。人长得秀美，歌喉婉转清丽、甜润华美，还弹得一手好琵琶。她羞眉低敛，素手纤纤，轻轻拨弄琵琶弦，未成曲调先有情。这种情形总让人联想起白居易《琵琶行》里楚楚动人的歌女。

每天一到傍晚，酒楼里便座无虚席。城里的富商巨贾，附近大大小小的官宦都想纳莫六云为妾，但莫六云都视而不见，不为所动。

王闿运当时离家在外，晚上无处可消遣，便在酒楼的前排订了一个座位，每天准时去听莫六云唱歌。听得久了，一来二去，两人便熟了。王闿运常到莫六云住处闲坐，给她填歌词、讲典故，莫六云很敬服

王闿运的才学，从别人那听说他曾是肃顺的西席，又因奏折写得好，被皇帝特赐"衣貂举人"……

身为歌女的莫六云觉得王闿运不但清秀俊逸、风流倜傥，还真心待人，因此，她主动向闿运倾诉了她的身世。

六云家本在广西的一个边远山村，是当地的殷富之家，3岁多的时候，有一个相面的人对她父母说："你家小姐是孤苦无依的命相，但以后会嫁一个显赫的郎君，荣于父母。"莫六云6岁时，家乡盗贼横行，家里被劫，六云与姐姐都被强盗所虏。后来，家里用赎金将姐姐赎了回去。六云却因为聪明伶俐，深得强盗妻子的喜爱，被认作干女儿，不让赎回。后来，强盗杀死了妻子，自己也因为失足陷于泥潭而死。一个乐工路过，收养了六云，教她吹拉弹唱，于是便有了歌女莫六云……

王闿运听了莫六云的坎坷经历，轻轻地擦去她眼角的泪珠，说："你虽是个在籍的歌女，却有着不同于普通女子的眼光……"而莫六云也由衷地敬爱闿运，愿将自己的终身托付给这位她已深深爱着的湖南才子。

王闿运还因纳六云而"名动七省督府"。他在《独行谣》（其十八）写道：

西游既改旆，南定登朝台。余初西游华山，与多军俱行。既以路阻，遂至南海。文理感秦慰，贪泉恨蛮陬。本无丹沙愿，甘为越女留。一言拨管婧，七贵笑咸胡。余在南海听歌，有南宁女子，言顷过旧寓，凄然伤心。众人痴笑之，余独心赏，赠以诗，买之同归。今生二女，遂为妾，其时广督毛、苏抚李、鄂抚吴、湖督官及巡抚恽，俱腾书相告，以为谈柄。余告曾文正，以为名动七省督抚也。

有人以为，闿运纳妾之所以名动一时，是因为莫氏拥有不菲的财富却拒达官贵人而嫁贫士的真诚浪漫。

王闿运带着莫六云回到湖南。正如闿运在《莫姬哀词》中所回忆的，北归的路比起当时自己孤身南下，真个是佳人在侧，风光旖旎。两人九泷看水，五岭延风，船歌桂楫，岸采江蓉，其乐融融。

对于两人来说，在石门的日子更是人生至乐。王闿运不愿为五斗米折腰，山居清幽，莫六云不时调理琴弦，为感伤的王闿运清歌一曲，抚慰他政治上的失意。当风和日丽，门前、山上杜鹃盛开的时候，闿运、六云相携，带着儿女们登山临水、观云赏花……

即使两人暂时分离时，如闿运渡江去拜访彭雪琴，也会让仆人带上两首短诗给六云，表达心中的柔情蜜意：

> 十日春云压屋山，早眠应不讶宵寒。
>
> 无端红药催离思，一夜新苗满玉阑。

> 艳曲新声偶忆云，绿杨风袅碧花裙。
>
> 阶前朦月窗前雨，进作春光四五分。

六云来到王家，她将以前卖艺时积攒的钱都带过来补贴家用。闿运曾说："自子之来，家道始丰。"而他在石门十二年，因为得六云助力无柴米油盐之忧，专心治《九经》。尽管家中子女多，仅靠闿运一个人笔耕维持生计，但是在梦缇和六云的精心筹划之下，家境渐渐殷实起来。而且六云待人忠诚、宽容，对梦缇恭敬，家庭关系也较融洽温馨。

六云不像梦缇那样通诗书，但她感触细腻，灵性独具，常有令闿运心折的妙言佳句。

在石门的一个春天。王闿运一大早起床就看到院子里的海棠花飘零殆尽，连忙将正在屋里忙着的六云叫出来欣赏雨后花飘满地的景象。

并且给六云讲起宋朝一位命运多舛的女词人李清照在海棠飘零后写的一首传诵千古的小词《如梦令》，望着六云渴求知识的目光，阎运忙给她吟诵这首词：

昨夜雨疏风骤，浓睡不消残酒。试问卷帘人，却道海棠依旧。知否？知否？应是绿肥红瘦。

诵后，阎运又对六云叹道："大雨倾盆，不但不足滋润花儿，反而让花凋零。当然，雨也是无心的，节气使然。春暖花开，暖极则成雨，对雨又有什么可怨恨的呢？"

六云听了说："春雨愁人，富贵离别者甚；秋雨愁人，贫贱离别者深。"

王闿运听了，大为惊异，想不到六云竟能说出这种"彻悟"的警句："你说的真是至理，而我正居富贵贫贱之间，所谓出入愁苦者矣。"

后来，王闿运应丁宝桢的邀请，到尊经书院任主讲。开初，他孤身一人到四川。已是农历二十九了，院生们已放假回家，除了偶尔与朋友应酬外，就一个人待在书院里。正是夕阳西下，邻妇招鸡鸭入埘的声音不时传入耳中，"日之夕矣，牛羊下来，君子于役，如之何勿思"。遥远的家是否也是这样一番景象？该也是鸡鸭入埘，牛羊入栏的时候了。他仿佛看见了倚在门扉的六云及儿女们也已望穿秋水。心里这样想着，眼睛看着院子里傲雪的并蒂梅，忆起六云平日情景，感触不已：

白兔楼边夕阳开，锦江春色隔年来。

轻舟始渡千重峡，胜会迟倾五九杯。

入蜀例教诗胆壮，索逋先试骑兵才。

独怜萧寺清尊寂，不及官斋并蒂梅。

王闿运知道，自从六云来到这个家以后，家中杂事多是她一人操持；她知道王闿运爱吃什么，勤劳贤惠的她特意将家中的笋、芥菜等做成干菜，托人捎给闿运。王闿运也是一位心细如发的才子，为了答谢六云，他从四川寄绿菜回家，并特意在信中叙说了此菜的来历和做法：

前寄赠者名绿菜，乃江边青苔之衣，出于蒙山之下，江水之中，始于宋朝哲宗皇帝之时。有眉山史氏女名炎玉，嫁雅安张子履，与黄山谷为表亲，始采此菜寄之，石花、葛仙之类也。今刻于芦山县庙。其后徐闻中又作跋详言之。此菜宜配以辣椒，凉拌食之，亦可投沸汤中，如头发菜之用。山谷为绿菜赞："在吴则紫，在蜀则绿"，吾未尝试，知其味不能佳，但可留于客来下面或馄饨，以代生葱、发菜耳，不可炒煮也。

六云感念王闿运一人孤身在外，因此过完年后，就带着儿女入蜀，照顾王闿运，与他相依为命，也可免却两地相思之苦。

1881年王闿运的第二个儿子代丰病逝，王闿运回湘。1883年3月，丁宝桢经常来信催他回四川。为了实现与丁宝桢共同拟订的"经营西藏，通印度，取缅甸"的计划，王闿运又一次一个人到四川。

这年七夕将近，书院里夜来香盛开，静夜里传来缕缕清香，王闿运独自伫立窗前，遥想家里妻妾、儿女肯定又在为七夕乞巧忙碌着；梦缇和六云都会念叨自己，热闹中透出一片忧怨。继而他想到自己孤身一人客居数千里外，归期无定，愁绪顿生：

瘦蕊浓花，更不管人愁，香满凉夜。欲睡还休，长记玉窗灯下。冰簟梦醒惺惺，误茉莉、暗兜罗帕。想带烟、幂露无语，开遍闹庭闲榭。

一年容易秋还夏。望银河、月斜星亚。玉真自许禁离别，妆晚饶娇姹。听到络纬一声，重绕向、翠藤双架。那夜西风里，罗裙拽处，散香和麝。

杳杳天穹，月已西沉，星光闪耀，院中香气袭来，一时更令闿运的思绪飘忽不定。

收到王闿运凄婉的小词和他诉说孤苦的家信，1884 年，六云实在按捺不住自己的思念，不顾自己有孕在身，又带着儿女到成都照顾王闿运。路经梁山时生下第十女真。1885 年 2 月抵成都。这年秋天，六云痨疾复发，11 月在成都溘然长逝。王闿运悲痛万分，心中的悲哀久久不能释然，1886 年，他写下缠绵悱恻的《莫姬哀词》：

离心日疏，宠忘其爱。郁郁靡朝，何以卒岁！自此分张，奏然颠沛。……非余叩叩，念子莒莒，平生适意，今夕何宵？……子肌如割，我念如煎，血坟在地，心穷恨天。

那几年，闿运连连失去亲人。在这凄凄惶惶的人世，他感到"死矣何言，生何所赖？或谓子亡，我文犹在"，对于"死者长已矣""托体同山阿"的亲人，他最深切的悼念就是写下这些和着血泪的文字。六云逝去以后，王闿运仍留着她生前弹过的琵琶，将它郑重地收在自己的寝房。每当想起莫氏，每当心中有所郁结，闿运总爱用手轻轻抚弄这曾经弹出过优雅温馨乐曲的琵琶。

三、课子教女慈父心，含饴弄孙天伦乐

王闿运共有四子十女，梦缇生四子四女，六云生了六个女儿。所有的子女以及孙儿，他都亲自教他们读书写字。他也有一份平常父母的

望子成龙之心，有时也对子女期望很高，子女们在学习上达不到他提出的要求时，他也会恼怒，训斥他们，甚至为此与妻子争执起来。但是，无论对孩子们怎样严厉，他都不失为一位慈祥、可敬、可亲的父亲。他将自己的父爱毫不吝惜地投注在每一个孩子身上。在封建社会，一个有着非凡名望和地位的大儒能做到这一点，难能可贵。

王闿运对子女教育特别用心，对四个儿子，自小就教他们《诗》《礼》等经书。特别是第二个儿子代丰，深得王闿运真传，闿运认为他"能传余经"。在他50岁时自撰挽联"春秋表仅传，正有佳儿学诗礼"中所提到的"佳儿"就是指的代丰。但是1881年辛巳年，在四川的王闿运又一次动了终隐的念头，派代丰回乡处理家中的事情，修葺房屋。当代丰经过夔门时，不幸病逝。王闿运最疼爱也最看重这个儿子。他以为自己的一生本无当世之志，也没有什么积蓄，虽有时靠写文章赚钱，收入不少，可是家庭人口多，开销很大，有时候不免有入不敷出的感觉。在王闿运看来，只有代丰能承担这副重担，改变这种局面，但是上天何其不公，遽然夺去了代丰。代丰去世后，闿运甚至发出过"自此无生意矣"的悲叹。

大儿子代功是个老实的读书人，以就馆为业。他曾经告诉父亲说自己对就馆没有兴趣。王闿运就写信谆谆告诫儿子：

昔吴子登先生以编修（翰林院编修）就白学台十两一月之馆，人皆耻之，吾独敬之，愿汝效之也。此胡子威之所不屑。不必再借口矣。就定学馆，自应看过热闹，再行回家。此时已十月尽，吾亦安居东洲。以为后进楷模。命当就馆，有馆就是好命，不必别打主意也。以汝意处此境遇，既贫且贱；以吾思之：先无片瓦寸土，而今有屋有田；先为穷巷孤儿，而今号称大人先生。"大富贵亦寿考"，虽郭子仪无以过之，未为不遇也。

相较之下，闿运对女儿要求则没那么严格。但是，每生一个女儿，他都为她们取名号字，到了四五岁时，便亲自教她们识字，再大点，就教她们读古诗词，甚而授《诗经》《楚辞》《论语》《孟子》，天资聪慧的，也教她们读《春秋》，读《史记》《汉书》，系统地教她们吟诗填词。所以王门十女，个个知书识礼、能诗会文。

王闿运更是悉心指导女儿们写诗作词。1882 年，有一次，女儿们放学回家，王闿运与女儿王荍看《词选》，觉得其中《水仙花》词六阕都不太好，于是，便对王荍细说水仙花的来历："《尔雅》藿山韭即今春兰，茖山葱即晚香玉……"并且当场填词一首作为示范：

又相逢，深寒帘幕，晴光灯影参差。素兰羞叶瘦，铜瓶湘几外，占春宜。瑶姬惯嫁，便远行，未损腰肢。看万里轻车，细驮玉蕾琼肌。

抛离。一分尘土，不须风露，自损芳时。嫩黄三四箭，暗香疏影地，摇曳烟丝。伴晨妆夜盎，却不妨，污粉凝脂。怪只怪，横江一笑，误了幽期。

当时，世人都认为女子无才便是德，但王闿运并不这么看。他认为诗三百篇，有不少出自好女子之口，较之某些须眉丈夫的无病呻吟更为感人。女子心细，又重感情。从古至今，才女众多，所以闿运也想将自己的女儿培养成能吟诗作对的人。这样也能陶冶性情，消愁解闷。女儿们学会了写诗作词，嫁到夫婿家后，能夫唱妇随，琴瑟和鸣。这对将来教育子女也是有益处的。

女儿出嫁，除了与一般人家相同的日常陪嫁什物外，闿运还会给每个女儿一箱书。

儿媳杨庄是王闿运得意门生杨度之妹，聪慧灵秀，也是自己亲自为儿子代懿挑选的佳偶。因此，他对杨庄钟爱有加，常常亲自为之改定作品，传授她创作诗词的技巧、心得，他认为杨庄学诗很用功，但缺乏灵气，所以对她说：

亦知有小词否？靡靡之音，自能开发心思，为学者所不废也。周官教礼，不屏野舞曼乐。人心既正，要必有闲情逸致，游思别趣。如徒端坐正襟，茅塞其心以为诚，正此迂儒枯禅之所为，岂知道哉？学者患不灵，不患不蠢，荡佚之衷，又不待学。

儿女都能吟诗作词，所以相互之间诗词酬和，在王家有如家常便饭，远近知名，一时传为美谈。

有一次，女儿王滋摘蚕豆寄给姐妹们，王闿运知道了，觉得这是眼前景、身边事，是启发孩子们作词的好机会，于是他便作了一首《玉漏迟》：

好春蚕事早。竹外篱边，豆花香了。自擘筠笼，摘得绿珠圆小。城里新开菜市，应不比、家园风调。樱笋较。甘芳略胜，点盐刚好。

曾闻峡口逢仙，说姊妹相携，世尘难到。近日相煎，怕被豆根诗恼。寄与尝新一笑。想念我、晨妆眉埽。风露晓，园中芥荃将老。

词填好以后，他点名让儿媳、女儿们唱和。大家看到刚从园子里摘下来的蚕豆荚上还带着早上的露珠，一颗颗青翠欲滴的蚕豆挤挤挨挨地盛在竹篮里，清新可人，都兴意盎然，诗情顿生，跃跃欲试。特别是代懿，父亲总是夸妻子杨庄的词作得好，这次他不甘示弱，不待思索，便一蹴而就：

春城花事早。摘豆条桑，筥篮遍了。对使倾筐，翡翠琼珠圆小。咏絮才高七步，更谱出、清词新调。堂上旨甘余，佐我盘飧尤好。

当年艳说逢仙，叹兰蕙凋零。仙山难到。护惜同根，泣釜燃萁休恼。投笔书生可笑。空怅满，尘氛难扫。春露晓，莫道倚栏人老。

杨庄见代懿挥毫而就，赶忙凝神细思：

湘城花事早。杜宇声声，又春归了。一水迢遥，还忆凌波纤小。畦畔盈盈细觅，想当时、寻梅风调。翠袖弄芳菲，旖旎春园兴好。

依依湘绮楼边，似五府元都，俗尘难到。豆蔻新词，却被曹家妹恼。对月嫦娥应笑。空伫望，碧天如扫。情未晓，天若有情将老。

阎运拿着杨庄的词稿，一边吟诵，一边点头称赞。然后，他递给代懿说："今天，不但你又落了下风，连我这老头子都甘拜下风了。好啊！巾帼不让须眉，青出于蓝而胜于蓝啊！"

王阎运家这种吟诗作对的家风一直保留下来。

1900 年（光绪二十六年），八国联军入侵中国。王阎运已是亲历道光、咸丰、同治、光绪四代君主统治的古稀老人，眼见国势日疲，国力日衰，国耻日积，今又遭西夷东夷合伙践踏，实不忍目睹国家遭列强侵辱的这种惨痛场景，厌憎那些在国家危难之时夜夜笙歌的达官显贵。王阎运独居在家，闭门谢客已将近四百天，转眼间中秋又到了。皓月当空，王阎运不由想起宋末王沂孙的《眉妩·新月》：

渐新痕悬柳，淡彩穿花，依约破初暝。便有团圆意，深深拜，相逢谁在香径？画眉未稳，料素娥、犹带离恨。最堪爱，一曲银钩小，宝帘挂秋冷。

千古盈亏休问，叹慢磨玉斧，难补金镜。太液池犹在，凄凉处，何人重赋清景？故山夜永，试待他、窥户端正。看云外山河，还老尽、桂花影。

今夜空中虽是一轮满月，可家国山河已如沂孙词中所描绘的那样"盈亏休问"了。唯一可庆幸的是一家人能团聚在庭院里赏月。

院子里栽了多年的桂花树已亭亭如盖，青翠的枝叶间开满了黄色小花，散发出一阵阵沁人心脾的芳香，从枝叶的罅隙间漏出星星点点清幽的月光。一方小小的茶几摆在桂树下，茶几上摆着新鲜的莲藕片，从墟市上买来的月饼当然也少不了。一家人欢聚一团，儿孙们随侍于侧，这种温馨情景带给年迈的王闿运稍许安慰。孙女少春急着要去拿月饼，闿运爱嗔地望着孙女，轻轻地拍了拍她拿东西的手说："少春啊，古人中秋赏月必吟诗作对，今夜我们全家人也一块联句，谁联得最好，谁就第一个吃月饼，好不好？"

闿运首先朗声唱出四句：

地远山馆凉，氛澄天宇阴。

嘉兹庭闱秀，迟彼月华临。

这四句犹如一声号令，声停之后，儿孙们纷纷献出自己的佳句：

良宵胜春元，闲居散秋簪。

绛烛摇花影，清醥洗尘心。（王滋）

圆案列珍肴，高咏屏凡音。

赋诗岂慕昔，欢侍良在今。（代懿）

长超情易愉，意惬乐非湛。

秦隋故无赏，轩唐尚可寻。（杨庄）

采菱江路淹，飞蓬霜谒深。

且歌涧阿美，何伤时序侵。（王纨）

露垂风入槛，瑶宫桂已林。

隐隐碧云合，寥寥去雁沉。（王复）

登高眺北渚，秋水浸南岑。

白蘋不可望，凉风吹我襟。（王真）

黄鹄陵霄骛，蜻蛚向阶吟。

无为翳罗袂，回帷调素琴。（少春）

　　这些诗句，首首堪称佳作，王闿运也不评价，只是微笑点头。最后将目光落定少春那期待奖赏的脸上，笑吟吟地说"少春呵，这月饼还是你先吃吧，你是我们家的苏小妹呵！"说得大家哈哈大笑。

　　王闿运最大的乐趣便是率领儿女登山临水、赏月观花。月夜率家人看荷花，采新菱、莲子。如银的月下，菡萏初成，一枝枝点缀在荷塘中，绰约如处子。凉风吹拂，露水初上，流萤点点从身旁飞过。路旁的小屋，透出点点昏黄的光，传来阵阵有节奏的织布声。儿女叽叽喳喳，萦前绕后，让王闿运觉得一切都是那么美。

　　这年七夕，王闿运70岁，连最小的女儿王真也已出嫁了，梦缇和六云也已天人永隔，无人乞巧。想到以前每年七夕的热闹场面，女儿们的欢声笑语便浮上心头。女儿们有的在皎洁月下穿针引线做活计，有的听母亲讲"七夕故事"，讲牛郎织女在这一天相会，人们只要躲到葡萄架下就能听到牛郎和织女的窃窃私语。年纪最小的王真赶忙跑到葡萄架下，然后噘着嘴回来了……一幕幕温馨、动人的场面使此刻闿运的心泛起阵阵涟漪。每个女儿都是他的心头肉，而今风流云散，有的已是天人永隔，有的远在千里，能承欢膝下的只有儿子、儿媳和孙儿了，女儿们都有了自己的家啊！想到这里，闿运又觉得欣慰了。一个个如花似玉、知书识礼的女儿都成了家，并且"绿树成荫子满枝"，梦缇、六云九泉之下有知，也会欣慰的。可惜只剩自己一个孤老头子，过七夕时也只能以考七夕典故度过了。"七夕典故，起自安公，盖秦人旧俗……"读着、读着，闿运眼前闪现出女儿们一张张灿然的笑脸，眼睛不由模糊了……

王闿运的一生因妻女而多了一份儿女情长，亦不免为自己的英雄气短而自怨自艾。大多时候，他爱怜她们，关心她们的生活。这种感情在他妻、妾去世以后，特别是到了老年便更加明显。1894 年，王闿运在船山书院，女儿们一个个都不在身边，写下了《寄湘衡诸女》，表现出拳拳慈父之心：

> 凉风筛雨浪喷银，此时行止不由身。
>
> 暂游莫比长征客，愁水愁风大有人。

儿女们有的体弱多病，突然病殁，使得闿运经历了失子失亲的痛苦。1876 年，年仅 8 岁的王帏夭折了。平时里扎着小辫的她最喜爱扑闪着大眼睛依偎在她母亲怀里，听故事、撒娇，更多的时候是让母亲帮她梳理发辫。虽才 8 岁，"八岁偷照镜"，画眉梳辫。尽管身体单薄，但她却是那么聪明伶俐，得闲时，王闿运就教她《孝经》，而她也过目成诵，深得父亲的喜爱。这么柔顺可爱的生命就这样突然地走了，生命是多么脆弱啊！望着薄薄的小棺材里躺着的满脸稚气、天真无邪的小生命，王闿运心都碎了。他想起她病危时，睁着亮晶晶的大眼睛，是那么渴望父亲能将她从死亡的边缘拽回来，但他自己除了握住女儿的手，说些"不用怕，有父亲在这里呢"的话勉强安慰外，却束手无策，王闿运责怪自己枉称江南才子，满腹经纶。他只能眼看着女儿像一件精美的瓷器，突然掉到地上碎了，再也粘不起来了。在王帏短暂的生命里，除了乖巧地活着外，她什么也没留下。闿运提起沉重的笔，为他这天折的第五个女儿王帏写下了《作哀词送五女帏》：

八岁长依母，濒危苦恋余。

孝经初上口，古篆偶寻书。

身小衣恒薄，眉长发喜梳。

世缘同一幻，怜尔别魂孤。

王帏天折后的第三年，有一次闿运忽然梦见她仍如在世时一样，身体单瘦，眉清发秀，扑闪着大眼睛问物性灵蠢。王闿运便开玩笑地告诉她说蚁子最灵，人最蠢。梦醒后，王闿运忽然醒悟，或许这就是庄子所说的"道在蝼蚁"。一切都只是破晓前的一场梦罢了：

幻影重相见，提携问物灵。

衣单垂手瘦，发覆两眉青。

泉下年难长，秋来梦易醒。

忘情仍有妄，非汝未遗形。

1882 年，长女无非病逝，更是雪上加霜。无非聪明伶俐，不但诗书皆通，而且擅长绘画，是王闿运的掌上明珠，深得他的宠爱。王闿运作《湘军志》，进军方略图就是她一笔一画绘出来的。无非 15 岁时，由王闿运作主，嫁给好友邓弥之的儿子国谳。但是才貌俱佳的无非却命运多舛，遇上一个中山狼。国谳开始时对无非态度尚可，后来因为无非身体羸弱，也没能为邓家添丁生子，他很不满，婆婆也因之嫌恶，国谳以此为借口讨妾，无非有苦难言，自此郁郁寡欢，身体每况愈下。王闿运知道无非的病根，却爱莫能助。眼看着无非一天天憔悴，王闿运心疼至极。1882 年，王闿运亲自去武冈将无非接回老家，这年 5 月，无非病卒，年仅 27 岁。自古红颜多薄命，王闿运在怨恨之中也深深后悔自己当时有眼无珠，错选东床。

第九章 岁岁良朋缱，流水高山万里心

王闿运一生交游无数，与之有书信往来者达数百人。他喜爱用信表达对朋友、学生、家人的情意。在信中，他或论时事，或写见闻，或感交谊，或抒襟抱……情真意切，文辞隽美。他的文集中与友人唱和的诗词更是不胜枚举。他平生最爱游历，每至一处，如有故人，定去拜访。从书信、诗词以及王闿运与朋友的交往中，可以见出他旷达乐观、仗义疏财、笃重友情。

一、梦里行吟怀故人，感泣高谊世所无

王闿运交友，以精神上的契合为标准。他少年时与彭嘉玉等结兰林词社，互相唱和，就是明证，而对王闿运来说与友人刻烛吟联则更是人生至乐。

王闿运少时为 5 位友人所作《五君咏》，既表现出朋友们的性格特点、人格魅力，也显示出闿运与几位朋友的意气相投。最难得的是闿运与这几位少时好友终生保持着深厚的情谊。

1852 年 12 月，闿运东去南昌，邓弥之极力挽留闿运在邓府娱园过完年再走。王闿运、邓弥之、孙月坡等人因此有机会每日在邓弥之家把酒赏雪，联诗作对。天下无不散的筵席，闿运就要离开南昌回乐平了，与友人依依惜别的他写下了《将还乐平，留别孙、陈、邓》，表达他深切真挚、欲去依依的感情：

春湖散寒烟，游子从此行。岂谓道里劳，恨我离别轻。波禽复翩翩，晓夜自和鸣，人生有欢会，嗟彼转篷征。良友各东西，去来独营营。所愿息世事，春游采芳荣。常闻逍遥乐，恐笑濡呴情。

1854 年，闿运在江西游说曾国藩失意而归，回到长沙。邓弥之也在长沙，闿运与好友在城南寓所通宵达旦聊天。他向弥之诉说遭遇和苦闷，弥之特意说些古代诗坛上的闲情逸事为之解闷。第二年正月，弥之要回武冈了。闿运真舍不得与善解人意的友人分手，弥之也希望能有更多的时间与好友切磋诗艺，谈古论今。弥之便邀请闿运："纫秋，既然你有时间，也暂无别的打算，那么去武冈教我们家的子弟读书，如何？"

"如今戎马仓皇，老母在堂，家里弱妻幼女，远离她们客游他乡，我一时确实拿不定主意，待与家人商量好了，再答复你吧。"闿运也真心希望能去山清水秀、远离尘嚣的武冈教书为乐，更何况还有好友朝夕相伴呢。

正月十四日，料峭的寒风吹着，岸边片片金黄的细草在风中起伏不定。船夫就要解缆开船，闿运送弥之上船，边走边说："唐时李白解缆将行，好友汪伦相送，李白以'桃花潭水深千尺，不及汪伦送我情'相别，李白与友人王龙标离别，愿'我寄愁心与明月，随君直到夜郎西'，今天我也效仿古人赋离别诗以表别情。"

> 阳春初月东风吹，细草黄金能作丝。
> 江边行客复大急，不分春归那许迟。（其一）

> 四角云光冰作月，锦笙画船如行雪。
> 孤鸿不自知别离，照影横令一时绝。（其二）

> 青旗锦缆向中路，影落星江不智曙。
> 怀君恨君不能留，愿得将身作霜露。（其三）

> 霜露朝朝在行衣，惟愁日出当复归。
> 日日与君有离别，不如忍忆一回辞。（其四）

这四首《湘东春别》以新颖奇特的比喻写出了闿运与友人的情深谊长，绵绵情致。

迢迢山水隔不断闿运与友人的思念。月华如练，露冷霜重，百虫吟唱。闿运踽踽独行，经过去年与邓弥之相别之地，回想一年来时局动荡，自己一事无成，而忧愁至极之时，也不能与友人倾心交谈。自己欲归隐又矛盾的心情该怎么向友人诉说？踏着萋萋芳草，闿运在江畔独步抒怀，向友人倾诉内心的真实感受：

> 露冷百虫吟，藤花晚更深。
> 泛舟通涧语，孤坐起秋心。

一水烟中白，群峰月外阴。
真栖定何处，尘外望仙林。

竹路经过旧，流萤似去年。
岸欹仍动石，桥远欲飞烟。
别恨青溪外，秋风紫苑前。
持竿犹未惯，且莫问渔船。

芳草夜青青，前溪梦独经。
月明疏露叶，江影散秋星。
归计愁来说，清歌醉后听。
比君差免俗，为近草元亭。

但愿这些诗篇能让友人理解自己难以言说的心态。从江边回家后，闿运将诗写在了给弥之的信中，闿运觉得心里轻松多了。

不久，闿运应邓弥之邀请到了武冈教馆。在武冈的日子，除了教学，余下的日子闿运仿佛又回到了在城南书院读书的日子，他与邓氏兄弟朝夕相处，谈文论诗，意兴不减当年。

即使是聚多离少，因相交之深，每遇离别，闿运与两位好友总会依依不舍。

来径忽幽深，新荑尽萋菲。
春色雨始佳，云山绿相待。
久聚惝暂离，前欢迟年改。
华叶续为芳，光阴散成采。
间游每有得，时去终何悔。

隐趣守山中，期君望兰茞。

与这几位少时好友的情谊伴随着闿运的一生，似永不凋萎的常青藤点缀着他的人生。这种相交相知给闿运的一生增添了许多亮色，也给他受挫折的心灵以温暖和慰藉。闿运后来与邓弥之结为儿女亲家，使联系的纽带更加牢固。尽管闿运的大女儿嫁到邓家并不幸福，但这不和谐的音符仍然没影响两人的友谊。闿运对此无只字片语的怨言，可见他们的友谊之深，亦可见闿运胸襟之宽广。

邓弥之去世后，闿运为之书挽联：

绝笔犹承荐士书，忆当年风雨貂裘，败絮蓬头真绮玉；
清材自可薇垣老，悔无端辉煌豸绣，青丝蹩足望横门。

除了这几位少年时的挚友，闿运与湘军高级将领彭玉麟也亲密无间。

闿运在衡阳时，经常拜访彭玉麟。彭玉麟字雪琴，两人谈起16年前湘潭、岳州战争，回忆激越往事，这位昔日的战将又神采飞扬，两人细细回忆，犹如两个在岸边拾鹅卵石的孩子不厌其烦。同是天涯沦落人的两位旧友从昔日的辉煌里也许能找回一点点理想中的自我，点缀平淡的现实。

即使天各一方，两人仍书信往来，诉别情，论时事，谈世情。

雪琴仁史官保尚书节下：

今岁中秋看诸女拜月，因话甲寅岁节下从衡阳养病还军，相访长沙，徒步东城，精锐傅仃，如天仙姮娥，曾几何时，忽俱衰老。西川南海，碧汉青霄，即欲遣信通词。俄承手札，殷勤问慰，悲壮缠绵。头白天涯，两心犹照，不减元白神交也……

闿运将两人友谊与古人之高谊相比，可见彭雪琴在他心中地位之高。闿运与彭雪琴结为儿女亲家后，两人之间来往更密切了。闿运对彭雪琴相知之深、了解之切，所以闿运在彭雪琴逝世后为他写的碑志别具一格，抓住了人物神韵：

> 诗酒自名家，更兼勋业烂然，长增画苑梅花色。
> 楼船欲横海，太息英雄老矣，忍说江南血战功。

以两人深厚之交谊，闿运本着实事求是的态度，对彭的一生进行了恰如其分的评价。将彭雪琴功成不受爵的奇伟人格写出，而"忍说"，则不赞美其残杀同胞之"功"，见于言外矣。

在闿运一生的友谊故事中，最感人的莫过于他对李伯元"梦里行吟怀故人，感泣高谊世所无"的怀想了。

李伯元是闿运 1852 年在汀西结识的。那年，闿运往江西南昌，当时邓辅纶、邓辅绎二人的父亲厚甫先生守南昌。府中宾客才彦云集。其中长洲孙月坡尤擅词曲，比闿运几乎大了 40 岁，两人结为忘年交。陈希唐在当时则有"斗酒诗百篇"之称，深为闿运钦佩，他的外甥李伯元以进士改知县选为乐平道，恰好经过南昌，与闿运一见如故。

李伯元也是一位诗人，每有感发就慷慨激昂发为诗歌，以平息心中的忧闷之气。李伯元对有江南才子之称的闿运尤为激赏，坚邀闿运至县署。然而，当时洪秀全起义已势如破竹，永安陷、桂林围，形势严峻，并且向湖南进发。闿运的母亲在省城长沙，他奉母命回湘，未能陪李伯元一道去乐平。

11 月，太平军破岳州、围武昌，长沙戒严，这时李伯元又遣书信邀闿运。闿运在征求了母亲的意见后就前往乐平。

因为岳州以下道路阻塞，闿运取道萍醴至袁州，12 月过南昌又与孙月坡、邓辅绎、陈希唐等人相会，刻烛联句。

1853 年正月，闿运由南昌至乐平，5 月起义军戟指南昌，东西各郡大为恐慌。李伯元到鄱阳与沈槐卿商议兵事，沈因事去了省城。李伯元只得暂代鄱阳县事，闿运也就在鄱阳跟着策划。闿运的母亲听说南昌形势吃紧，派人到乐平催促闿运回湘。闿运真想在此危急关头与李伯元一起抵御起义军，共同谋划。但母亲年事已高，含辛茹苦将自己带大，他又实在不忍伤她老人家的心。自古忠孝两难全，在这两难选择面前，闿运也徘徊犹豫。李伯元深知闿运母亲一颗恋子的拳拳之心，也深知闿运对母亲的眷眷之情。他劝说好友："不在其位，不谋其政。你先回家照顾好伯母，别让她老人家担心。"说完，李伯元马上派人买了船票，让闿运回湘。

临别，闿运写下了慷慨激昂的《雄剑篇赠别李伯元》，勉励友人，鼓舞斗志：

> 雄剑不希世，光气腾紫霄。
>
> 登城敌头白，挥手明星摇。
>
> 千秋神怪有离合，满堂花烛风飒飒。
>
> 此时起舞翻离筋，六月寒云欲飞雪。
>
> 弹铗辞君归故山，白波九道流潺潺。
>
> 请君直斩长鲸背，洗剑秋河明月寒。

虽然已近酷暑，但因为战争的阴云密布，大家心里都沉甸甸的。闿运诗中无小儿女离别情态，全诗豪迈奔放，预祝友人在与太平军的交锋中获胜，并对此充满信心，勾勒出一幅友人大功告成后的景象。

不料，船至袁州，闿运梦见李伯元前来与自己告别，梦中场景凄绝，李伯元欲说还休、欲去还依的表情将梦中的闿运惊醒。他随即披衣起床，追忆梦中情景，即兴以诗记录下来：

> 昨反山林愿憔悴，别君不语相见年。
> 知君意气感我厚，宵来追访空江前。
> ……
> 剑气能回壮士魂，儒冠不解平生意。
> 月微星寒不可见，乌鹊惊飞翼难得。
> 彭蠡东回江汉流，与君消息终无极。
> 铜能画鼓天欲明，暂复相看忘颜色。

梦中情形让闿运觉着不祥。果然，自闿运离开鄱阳不到十天，鄱阳城陷，7月14日，李伯元、沈槐卿战死沙场。当时，路途中的闿运并不知晓，直到回家后才得知这一噩耗。闿运为痛失好友而悲痛万分。此后，闿运几乎每年都梦见李伯元。

李伯元战死20年后，有一次闿运为大儿子代功说《诗·邶风》时，讲到"狐裘以朝"，告知锦衣狐裘为诸侯朝服。又说到《秦风》"锦衣狐裘"为朝服，"黻衣绣裳"为祭服。闿运当晚梦见李伯元笑语如生，在梦中惊醒，夜阑梦醒后的闿运重忆与李伯元生前的交往，回想梦中情形，再也难以入眠，惆怅久久。这年七夕，闿运作诗一首：

> 叠鼓惊波沈李俎，单衣恻恻旅情孤。
> 年来牵水秋潮咽，犹似芦中断雁呼。

梦中的故人如离群万里的只雁，在沙净草枯、水平天远的寒塘孤渡，引起闿运万般心绪，无限眷恋。

闿运一生好学、好游，又好结交朋友，只要是相知好友，不论认识时间长短，闿运都极为看重相互间的友谊。友人左枢客死贵州军中，闿运至其家中料理丧事。友人严爱死后，闿运为之作传，又整理其诗稿刻版印行……当友人有困难之时，古道热肠的闿运总会不遗余力帮助他们。

二、当时意气论交人，丞相高情薄流俗

1866 年正月，刚刚在衡阳石门山居安定下来的闿运在沉寂、冷清的气氛中平静地过了年。闲来无事，他整理自己的旧诗稿。在散佚的诗稿中有一页泛黄的纸吸引了他的视线，那是高心夔六年前寄给他的诗。这首诗描写的是 1859 年朋友们在法源寺的情形。

那一年，闿运信心百倍地准备进京会试。这之前，他特意赴建昌安慰刚遭惨败、一蹶不振的曾国藩，然后一路游经杭州、苏州、扬州等地，饱览湖光山色后，才到京城参加会试。4 月，会试榜发，闿运名落孙山，心中怅然。在朋友们的劝说下，他暂时留居法源寺。当时友人大多在京，龙汝霖受聘为户部尚书肃顺家庭教师，李寿蓉是户部主事，还有郭崇焘、高心夔、李眉生、邓辅纶这些老朋友。他们或供职于衙门，或暂居于公寓，经常聚会，诗酒招邀，给客中寂寞的闿运带来了许多安慰。而每当肃顺听到他们有聚会时，就会送来瓜果及俄罗斯酒……

读着友人的诗稿，闿运的心飞向往昔的峥嵘岁月。而今已是尘缘如梦，往事如烟，闿运情不能自已写下歌行怀念往昔，其中对肃顺的怀念尤其深世感人：

当时意气论交人，顾我曾为丞相宾。

俄罗酒味犹在口，几回梦哭春花新！

闿运和肃顺之间的友谊在他心中是那么刻骨铭心。这位清朝贵胄与闿运的交往对闿运的一生有着深刻的影响，在他的漫漫人生，闿运从未曾忘怀。

爱新觉罗·肃顺（1816—1861）满洲镶蓝旗人，字裕亭，或作雨亭，清宗室、权臣。他身材魁梧，作风剽悍。道光年间做过辅国将军，咸丰即位，他旋升内阁学士，兼副都统。因他敢于任事，为咸丰帝信任。1857 年擢左都御史、理藩院尚书，兼都统。翌年，调礼部尚书，又调户部。

他办事果断、铁面无情，得罪了不少在朝大臣及清朝贵族。在当时庸才充斥的官场，他主张不分满汉，唯才是用。

1858 年，英法联军侵占大沽口，前锋逼近海甸。咸丰帝仓皇逃往热河，肃顺在危急的局势中独揽大权。很快形势急转直下，不久咸丰帝病故，慈禧阴谋夺权，首先将肃顺处斩，其余为咸丰重用的亲王也无不受到严厉制裁。

闿运和肃顺的认识源于龙汝霖。当时龙汝霖在肃顺府为其八子授课，闿运与龙汝霖过从密切，因此，认识了肃顺。

肃顺与闿运一见如故，肃顺激赏闿运的才华，对他格外器重。据满族贵族的习俗，肃顺喜欢结拜异姓兄弟，又主动提出为闿运捐官。尽管肃顺如此热情，但闿运还是没有答应。自负才华横溢的他竟要靠买官才能实现从仕之愿，是他所不乐意的，更何况国势处于风雨飘摇之中。肃顺权势虽然炙手可热，政坛风云却如白云苍狗。再说友人严正基的劝告使他清醒。严的劝诚主要谈的是立身之道，并且以唐柳宗元一生遭际为诫。友人真挚的劝告使闿运感动不已，而且当时年轻的闿运虽然希望在政治上有一番作为，但他希望自己是一棵顶天立地的树，而不是依靠某棵树而由之往上爬的青藤。

　　阎运托故离京往济南，心情极为矛盾，对肃顺心存感激，也为自己辜负了他的美意而心有不安。他在朋友们饯行的宴席上，作饯行诗三首表达了这种复杂的心绪：

将之济南，留别京邑诸同好

……

秋林郁荣条，气暖芳未折。

南士多离心，孤怀感乡节。

盈思难久安，驾言且东发。

嘉筵因事集，帐饯倾时哲。

甘肴充八珍，举觞过三设。

虽知面对期，感念目前别。

殷勤岂徒斟，厚爱愧将阙。

兴来无独悲，酒酽欢未歇。

旋车过天遄，微风吹华月。

霜露已云暧，山川邈然绝。

何见慰岁寒？令德指松柏。（其一）

　　在京的那段日子，因为与肃顺的关系，阎运甚至已涉足政治。当时，左宗棠在湖南巡抚骆秉章手下充幕宾，权力很大，且处事一意孤行，很有些嚣张跋扈，惹得众怨纷纷。被革职的永州镇守樊燮向都察院告了他一状。清廷将此事交湖广总督官文密查。作为高层的肃顺自然知道了这一消息。他将此消息透露给高心夔，高转告阎运，阎运又将消息告诉了郭嵩焘。郭听了以后，请阎运向肃顺说情。阎运虽与左宗棠私交并不怎么样，但也敬重左宗棠确实是个人才，答应下来。

　　乘着一次与龙汝霖同去肃府的机会，阎运提出了这一请求。肃顺回答说：突兀进言并不利于保左宗棠，必须有人保荐，才好乘机进言。郭嵩焘与闿运仔细商量，认为当时在南书房的潘祖荫恰是适宜的人选。潘在郭嵩焘的恳求下向皇帝奏左某人才不可多得，恰好总督胡林翼也有荐举左宗棠的奏折到京。在多方合说之下，左宗棠终于安然无恙。

甚至有传言说曾国藩出任两江总督也是闿运向肃顺推荐的结果。对此，闿运断然否认："曾涤丈督两江为予荐之于肃裕庭，又六云身价三千金，皆了无其事。何世人之好刻画无盐也。"虽然上述信息皆为子虚乌有，但这从侧面也说明在世人心目中闿运与肃顺在当时的交情确实不同寻常。

曾国藩出任两江总督是咸丰帝迫于情势作出的不得已之决定。肃顺以自己特殊的身份地位从旁促使咸丰帝这样做，自是合情合理。肃顺的进言，大概也是源于闿运、郭嵩焘、龙汝霖在他面前多次揄扬曾国藩所作的"不荐之荐"。

后来，慈禧发动宫廷政变，斩杀肃顺。顷刻之间，肃顺就从权力的巅峰掉到了深渊，并身首异处，这给闿运的感受不可谓不深，打击不可谓不大。闿运以后一直远离官场，未入仕途或许与肃顺其人其事有关。

肃顺的知遇之恩，闿运一直铭记在心。

1871年春，闿运再度入京会试，直到7月才南下。他离京前特地去了一趟肃顺的故居。物是人非，悲怆怀念之情涌上心头：

至二龙坑劈柴胡同，见豫庭二子：一曰征善字信甫，出继故郑王端华；二曰承善，年十八，甚英发。园亭荒芜，竹树犹茂，台倾池平，为之怅然！

故郑王子征善来，余本约豫庭子承善（字智甫，又云禹阶。其弟同善字禹襄，独与母出居于外。盖豫庭二妾不和也）来，而以无衣冠不能至。旗人仍习气讲排场，不能变也，谈久之，无策可振之。宗室严禁如此，亦定制之未善耶？夜坐凄清，有诗为证，以七夕饯饮为题：

> 法源墙角看秋花，内府新分午赐瓜。
>
> 一酌蒲桃生百感，汉家无使解乘槎。

时光逝去将近十年，闿运又寓法源寺。十年前的宴请、十年前的觥筹交错，十年前朋友们的指点江山、激扬文字……一幕幕宛在目前。如今，一切都已灰飞烟灭，所剩唯有墙角边那片艰难向上爬的牵牛花了。

已近不惑之年的闿运不禁百感交集，故人已风流云散，故人之后处境堪悲，自己对此又无可奈何。有人说，这次闿运入京以会试为名，实际上是携带卖文所得想周济肃顺后人。以闿运之为人，似也不是完全不可能的事。

三、兰泽馨香难相悦，江南芳芷日已远

在闿运交往的朋友中，与曾国藩的有关交往尤为特别。他与曾国藩相识时，曾国藩43岁，已过不惑；闿运21岁，年方弱冠。曾国藩官居侍郎，闿运为白衣卿相。闿运通过上书言事结识了曾国藩，此后，他们这种布衣公卿、忘年师友的关系一直维系达20年之久。昔日围绕在曾身边的一大批湘军将领，都因跟随曾国藩鞍前马后效命而得以居高官奉厚禄。不论曾的地位如何蒸蒸日上、炙手可热，只有闿运自始至终举世皆浊我独清，似空谷幽兰清芬远播，如出水清荷卓然独立。虽则曾国藩因爱才的缘故对闿运表示谦抑，但闿运并不像一般人那样因而得意扬扬，以此作为资本。在与曾国藩的交往中，他始终保持着君子之交淡如水的心态。如果说，闿运在曾国藩身上所寄予的政治理想仿如遥远天边闪烁的寒星，他费尽心机也找不到借以攀折寒星的云梯，或退一步说

即使真有云梯可上，或许闿运又会从半空摔下、吉凶难卜，这种剪不断、理还乱的政治介入使得王曾两人的友谊在很多时候显得很微妙。但闿运在此友谊中所显示出来的洁身自好却是客观事实。曾国藩去世后闿运曾作《金盘岭曾太傅墓下作》以明心志：

……谁为终始交，折节奉谦光。弱冠揖军门，长算料兴亡，鴥隼兴义徒，云起化侯王。惟公不改服，阊阖思无方。澄波孰能挹，系予随雁行……

鴥，音穴，鸟名。又读聿，鸟疾飞貌。《诗·小雅》："鴥彼飞隼"，隼亦鸟名。又古谓鴥与隼，皆贪残之鸟。在诗中，闿运表露了他与曾之间不卑不亢的友情，挖苦了所谓的鴥隼之徒。

闿运自小便才华出众、卓尔不群，他与曾国藩的友谊源于一种英雄识英雄的惺惺相惜，他认为："曾文正公经济文章冠绝一时，诗学昌黎。间衍溢山谷。谓山谷得杜之神理。"

他与曾国藩的友谊也是出于一种雪中送炭的真情，而不是锦上添花的虚与委蛇。每当曾国藩处于人生的挫折时期，闿运都会毫不犹豫地尽朋友之义。这在王闿运与曾国藩在其政治生涯巅峰期几次交往中表露无遗。

在写《湘军志》时，王闿运以严谨的写作态度阅读了大量史料，细览曾国藩与胡林翼的奏折、书札，对两人特别是对曾有了更深刻细致的了解。

以王闿运倜傥不羁之性情，实与自诩为理学名家的曾国藩迥异。曾国藩屡屡在世人面前强调其艰危之处境，乃自苦如此云云。但王闿运却毫不留情批驳他，认为其是自讨苦吃，于国事无补，且于己无益。

而王闿运最不满意的是曾国藩的伪善面目。1861 年 8 月，曾国藩所率之湘军攻克安庆，他得意之余，竟忘了国丧在身（该年 7 月，咸丰帝崩），在军中置妾。对此，王闿运在七夕词中尖锐地揭露出来。

对于曾国藩以严刑酷法使生民涂炭犹自问心无愧，王闿运更将他与历史上的酷吏张浚相比。在光绪四年四月十二日的日记中，王闿运写道："夜看曾书札，于危苦时不废学，亦可取。而大要为谨守所误，使万民涂炭，犹自鸣以无愧，则儒者之罪也，似张浚矣。"

曾国藩逝世，王闿运写《挽曾文正涤生联》：

平生以霍子孟张叔大自期，异代不同功，戡定仅传方面略；
经术在纪河间阮仪征之上，致身何太早，龙蛇遗憾礼堂书。

一方面私交甚笃，一方面春秋笔法。平心而论，这联语写得恰如其分。

王闿运与曾国藩一家的友谊一直延续，曾国藩孙子广钧入选翰林，王闿运写诗祝贺：

嗣服逢亲策，抡才得世臣。英英年始冠，恻恻砚如新。虎穴怀鞾剑，螭坳认履尘。艰危谁省记？嘉乐太平人。

……绪馀方略展，经术小心传。文苑终修业，荷莫倚年五。囊云深处静，清切念承先。

闿运对于故人之后入选翰林，少年富英才，感到由衷欣慰，为老友在经术方面代有传人而喜悦。同时，茁壮成长的年轻人使王闿运不由追忆过去，记起曾公当年起于"艰危"，自是感慨万分。

曾国藩的儿子曾纪泽与王闿运也来往密切，交情不比寻常。王闿运与曾国藩的交情称得上是忘年师友。曾纪泽与王闿运是同辈人，两人交往因少了政治的瓜葛而更轻松，王闿运在长沙时与曾纪泽交往较多。曾纪泽远在海外担任外交使节，友人刘伯因将往法国，王闿运托他附诗以表达自己的思念之情。当然，正因为是好友，所以王闿运也就在诗中叙写时事，表达对时局的看法：

　　春风丽日宜帆海，万里茸茸绿芳等。洞庭平泛出寥天，樯橹东西同欵乃。君去琅西多故人，我游先梦广陵春。……左公求地真儿戏，坐令人窥挈瓶智……

　　曾纪泽逝世时，王闿运为其作挽联：

　　海外十年官，军国多艰，归朝未遂还乡愿；
　　相门三世业，文章继起，史馆新除作传人。

第十章 纵横志不就，空流高咏满江山

岁月流逝，从19世纪30年代初到20世纪20年代，风风雨雨、坎坎坷坷，王闿运已走过了80余年，跨越了两个世纪，经历了五帝两代。社会动荡的尘埃尚未落定，历史的步履声还隐隐可闻，王闿运似乎已是不堪其纷扰，十分疲倦了。

一、世人皆讥"莽大夫"，谁怜耆宿惜旧恩

在王闿运的晚年，值得一提的是他在袁世凯当政时，以83岁的高龄仍出任国史馆馆长。他的出山是不是真得到了袁的赏识？是不是像有的人所评议的那样于晚节有亏？"争似随时缓一程，奈何知易行难，不以杨雄为鉴戒。"终不免让人有"莽大夫"之讥。但也有人赞扬他"勇能骂贼，义不帝袁""一代儒宗，不肯帝袁明气节"。应该说，这也

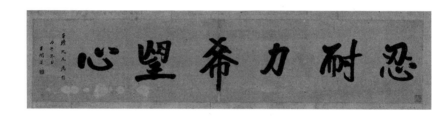

王闿运书"忍耐力希望心"（图片来自湖南省博物馆）

是事实。

王闿运一生的目标不在做官，而在做事——做于国家民族有益的事。他的纵横术，帝王学，说到底也是这样。当他发现自己所认定的人，与自己的本意相悖时，他毫不留情地与之决绝。他的悲剧是他有始终不渝的报国之心，有的却只是自认正确的报国之术，结果处处碰壁。这不只是他个人，而是他所属时代的悲剧。

1914年，王闿运北上，被袁世凯待为座上宾，不久任国史馆馆长。

袁世凯在天津小站练兵以后，他的左右就在军事、经济、文治方面形成了一套盘根错节的班子。军事方面有"北洋二杰"王逢珍、段祺瑞、冯国璋；财政经济方面有粤系的梁士诒、周自齐和皖系的周学熙、龚心湛等；文治方面有徐世昌、杨士琦、朱启钤等。他们各有所凭恃的武力、资财、党派，都和袁世凯有着非同寻常的历史渊源。袁世凯当政以后，虽也对他们心存猜忌，但仍将他们当作心腹。较之王闿运的高足杨度这类人，既非清朝遗老，和袁世凯的关系又建立得比较迟，根基不牢。杨度既受权势人物的排挤，又恃才傲物、锋芒毕露，要忍受比旁人更多的妒忌和排挤。

依恃了袁世凯的杨度雄心勃勃地要当"开国元勋"，他知道自己所拥有的条件要当开国元勋是远远不够的。因此，他一方面巩固袁世凯的信赖，一方面着意在袁世凯周围结交和安插各色人物，扩大自己的影响力和"势力范围"。

因此，凡是他认为对帝制准备有利的人都设法网罗。如引荐夏寿田充当内史、掌管机要。杨度与夏寿田都出自王闿运门下，寿田的父亲夏时是江西巡抚，袁世凯在北洋军时，夏时曾执贽其门下。这样，家世渊源及个人关系都使夏寿田成为这一职位的最佳人选，杨度因此也就能知晓袁世凯的一些意向。

为了进一步加强对袁世凯的影响，杨度还竭尽全力为袁世凯拉拢一些头面人物，如梁启超、蔡锷，他的老师王闿运也成为其中之一。袁世凯当时正搜罗各类人才，像王闿运这样有声望的学界耆宿，正是他求之不得的，自然乐于延揽。

1919 年，袁世凯电请闿运北上，并派杨度专程回湘接他。又特命湖南都督汤芗铭到山塘亲迎。5 月初，闿运在长子、三子、女儿蒲芳及门生陈兆奎、周逸及女仆周妈等的陪同下，从山塘出发，向北京进发。为此，袁大总统还命令交通部特意发一列专车到长沙来迎候王闿运。对于这样优待隆重的礼遇，闿运不由感叹说："可谓劳动大神也。"

王闿运行前，还有一段小插曲。长沙有一位年已古稀，名叫钟西樵的人前来叩门求见，他已是穷困潦倒，身体羸弱的老人了，但仍拜倒在闿运门下，恭敬有加，向王闿运行弟子之礼。他向王闿运道明来意："像老师与我等行将就木、死不足惜的人，晚节至为重要。此行将有辱您之清誉，还望先生三思而后行。"王闿运听了他的话以后，默默无语。

从长沙启程的先一天，亲朋戚友为王闿运饯行。王闿运冒着纷飞的大雪，华发临筵，与客人们觥筹交错，席间呈现出一派欢乐的气氛。这时，客人中有位叫孙蔚林的孝廉举酒敬闿运，直言不讳地问闿运："今日之雪，何减齐河道中！"闿运听了，久久没有回应。过了一会儿才说："我已是衰朽残年了，对于一切本就无所谓了。本来也没有北行之意。无奈小女桂窊北去，行李多而磅价重，正好有专车可以免费坐啊。"说完这些后，王闿运在席上再也没说什么。

到京后，王闿运住进了袁世凯特意为他修缮的"武功卫"住所。袁世凯又命朱启钤、杨度等将其隆重迎至总统府，集合官员，大摆宴席为老人接风。

在筵席上，袁世凯虽然看上去对王闿运很恭敬，说话也显得谦卑，却不像王闿运原先预期的那样自称"小侄"，这使他心里有些不悦，老人原与袁世凯父亲交好，袁的叔父袁保垣也与老人同年中举，袁世凯在老人未到京以前称之为年伯，自称小侄。"不过，也难为他。为了我这么兴师动众。"王闿运还是觉得很有面子。吃过饭后，王闿运对别人说："袁四的是可儿！"可见他内心还是比较满意的。

一次，老人与学生杨度等同过新华门，他忽然仰视叹息说："何题如此不祥之字耶？"同行的人大为骇异，并询问原因。闿运不紧不慢地解释说："唉，我已是老眼昏花了，匾额上所题的难道不是'新莽门'三个字吗？"左右的人都装充耳不闻，不敢应答。这如果不是他老眼发花看走了神，便是有意以王莽篡汉立新的故事讽喻和影射当前政局。无论如何，这都是近乎不祥的谶语。

老人在北京国史馆住了大约半年时间。所谓国史馆，其实虽有其名，却于史实未着一字，也未曾订任何修史条例。纂修、协修等请老人订史馆条例，老人却正色道："瓦岗寨、梁山泊也要修史吗？民国才两岁，无须作寿文。"这样的话一出口，众人面面相觑，谁也不敢驳。

居京的日子，自称老眼昏花的老先生实则心明眼亮。他见袁世凯倒行逆施，筹安会鼓吹帝制，心知其事必败。更加上其门生四川人宋育仁任协修，却以沟通宗社党嫌疑被当局拘去，递解回籍。这些都使王闿运尽快作出了回乡的决定。"这里不是容身之所！拿人而不问罪，将要累及于我。以我之风烛残年，难道还要看狱吏颜色行事吗？"于是老人给袁世凯留下一封信后扬长而去。

他解印给杨度，悄悄拂衣而去，不辞而归。

对于老人的这次"出山"，人们很有争议。其实，老人这次北上，与其说是"出山"，不如说是"出游"。而且此行绝非自愿，有其不得不为的苦衷。"普天之下，莫非王土，率土之滨，莫非王臣"，以闿运当时的情境，又以袁世凯这样的隆重礼遇相请，加上两辈人的知遇和门生的敦请；以闿运这样的精于《礼》的儒学大师，能不虚与委蛇么！

回到家乡云湖桥山塘。门人故旧都来迎接他。有人问老人："中兴人物，先生皆及见之；今之人才，与过去比怎么样？是否有人能收拾残局？"老人不假思索，眯缝着眼睛回答："过去的人，不管事情大小，都肯认真去做；现在的人，太聪明了，不肯认真做事。我可不相信有人能收拾残局。"

二、战火烽烟惊晚岁，离乱更兼丧女悲

1916 年，农历三月，袁世凯在全国各界的强烈反对和声讨下被迫取消帝制，但仍是大总统，不久便气急败坏归西。

这年王闿运已是 85 岁高龄，闲居在山塘的他尽情享受着天伦之乐。阳历新年，滂沱大雨整整下了一天，一大早王闿运躺在床上，听着哗啦啦的雨从屋檐下直泻下来，大雨噼噼啪啪地打在院子里几丛美人蕉上，"是谁多事种芭蕉，早也潇潇，晚也潇潇"。听着雨打芭蕉的声音，王闿运不由得想起了自己年轻时爱吟诵的词句，这种别具情韵的响声，勾起了无数缤纷回忆。他不由得想起了自己的青年时代，负笈闯天涯的往事，那时自己是多么雄心勃勃啊！与曾文正公在军营里秉烛夜谈，与宝桢荡舟碧波、互诉理想……这些美好的日子，它们都到哪里去了呢？如今却只剩自己这孤老头子，躺在这三尺苇席上，感受着生命日渐消逝，等待着生命终点的到来，就像已油枯芯尽的灯，"风烛残年，真是一点儿也不虚。"王闿运想坐起来，穿上衣服起床，但胳膊腿儿似

乎不听使唤。这时三儿媳进来了："爹，给您盛来了莲子羹，您趁热喝了吧。"

"嗯。"王闿运不失威严地答应了一声，想着自六云、梦缇去世后，这些年来，待人接物，受贺延宾都大不如前，这几个儿媳妇也是才当家的新手，上无婆婆教导，也怪不得她们。

第二天，雨渐渐地小了，有熟人来谈想卖田，价格依旧。家里这些年来也没添置太多田产，王闿运就让儿子与之商议，他觉得每天纠缠在这些家常琐事上，多么无聊！送完客人的王闿运想到早阵子依韵作诗，至今还欠着账呢，他拄着拐杖，踱到书房，看到笔、墨、纸、砚，仍然井然有序地躺在那儿，闻着线装书所散发出的亲切的味道，王闿运真想伸出手去，挨个儿摩挲它们，亲近它们，这种气息补充了这些日子因身体欠安，眼力不济没看书的损失。接着，王闿运又移到书桌边，一旁的小孙子见了，赶快上前一步帮爷爷磨墨。王闿运拿起笔，慢慢思索着，直到一滴墨汁掉到纸上，引起孙儿的惊呼，才回过神来。他将思绪渐渐地理清，很费力地写下：

丙辰正月初二日题寄小石尚书，即用苏台集，正月二日诗韵。

岁叶八十五回新，新岁题诗来到春。

遥想故人千里客，空怀知己四门新。

寻知厝火难安寝，暂得栖枝且寄身。

独羡刘纲有仙福，联吟拈笔定如神。

在这首诗里，王闿运既表达了对友人的思念，也显现出乱世中，以一介贫民之躯暂时栖身的伤感。

尽管生命力正一点点地从这位昔日才子身上消逝，但他仍然是那么热爱生命，关注自然界的草木荣枯，花开花谢。在他流连于世间的最

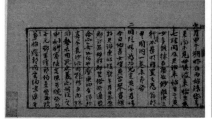

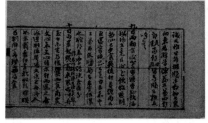
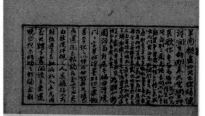

王闿运日记册（图片来自湖南省博物馆）

后一段日子里，他从一草一木，从那些曾绚烂地盛开过，又无可奈何凋零的生命中窥见了自己的一生。虽然这位老人并没有发出"生如夏花之绚丽，死如秋叶之静美"的感叹，但从他最后日子里日记中真切的关注中可以感受得到。

正月二十七日：水仙花开了，朵儿大似蜡梅，垂暮的老人望着案头怒放的花朵，是那么喜悦和欣羡。

二月十五日：风疏雨骤，但雨不能妨碍春天的到来，院子里樱桃花盛开，芍药、牡丹并芽，王闿运感受到自然界花草生命力旺盛，相较之下，也感到了自己的衰老。

二月二十一日：开放了不到一个月的水仙花就快凋谢了，王闿运让孙子找来剪刀，剪下花枝，插在花瓶里。

二月二十五日：屋前水塘边的杏花开了，望着那灿然盛开的杏花，王闿运不由想起了王安石的诗句："一陂春水绕花身，花影妖娆各占春。纵被东风吹作雪，绝胜南陌碾成尘。"

老人想着自己年轻时也像这卓尔不群的杏花，如今却是垂垂老矣，过平淡的日子而已。

二月二十六日：一夜雷雨，又加上寒风，枝上花儿尽落，春归如过翼。满地落红勾起了王闿运心头的回忆，"大雪纷飞，红梅盛开，梦缇灿烂的笑脸迎着纵马归来的自己，与六云从广州回湘，一路风光旖旎。"现在梦缇、六云早已离去，自己离与她们见面的日子也不远了。

二月二十九日：桃花仍没开，杏花已半落，飘零在水塘里，随着春风春雨，打着旋儿。从与池塘相连的小涧漂走了。

三月八日：出游归来的王闿运傍晚时分回到家里时，碧桃、海棠、杜鹃都竞相开放了。

年事已高的王闿运仍如年轻时那样通达，曾坚决不主张办新学的他还能接受新思想。2月21日，王闿运的一位门生过来，跟他说起"日月皆地球影子"，他听了竟然认同，认为这种说法很新颖。并且进一步思索，"西人欲天地日月皆成实质，中人欲天地日月皆是虚空，其理一也"。显然，王闿运对自然科学完全是陌生的，他这些想法也是从虚实相依、虚实相生这些中国传统思维中受到启发而生出的。这也说明了他对新事物不抗拒，愿意去思考、探索。

王闿运的晚年，有赏花鉴书、悠闲恬然的日子，有与学生、友人亲切交谈的时候，也有时并不那么尽如人意。

他在日记中说，女仆告假，请支60元，却拿不出来，可见日子艰难！

更有邻里乡亲将他视作排忧解难的活菩萨，但年事已高、无能为力的王闿运除了劝慰以外，也别无长策。"王名静来，言开煤矿。王名兆作假票，并为团总所吓，均来求解。所谓彼此是非，樊然淆乱，皆不置可否。"

对王闿运晚年生活影响最大的莫过于纷纭的战事。

正月，北军过境。二月，兵士往来如织，日夜不息，广西起兵讨袁。二月底，两孙从外带来消息说，湘潭将变为战场，广西兵乘水直下。四月底，乡人纷纷言宝庆已乱，恐即有战事，人们忙着迁移，躲避战争。衡阳寄信来，三孙女想来湘潭躲避兵乱。五月初，邻近各县防军一路上烧杀抢掠。端午临近，家人不敢单独去城里置办货品，病危的王闿运连想吃西瓜的愿望都实现不了。

这时，各路队伍你方唱罢我登场，将本就乱象纷纷的中国扰得国无宁日，王闿运以衰老之年，感受着天灾人祸、兵荒马乱带来的种种痛苦，在夹缝里生存。以其衰朽之年，王闿运不怕兵戈，但向来舐犊情深的他为后辈担忧。

这年农历三月，北京来电，得知二女儿桂窊病故，他悲痛万分，几天茶饭不思，接着便病倒了，这一病，他便再也没有起来。

而实际上，王闿运的人生遗憾太多、太多！还好他是个达观的人，善于自我解脱。这也正是他与一般学者的不同之处。在中国历史上，有两种类型的学者，一种对于理想孜孜以求，如吐茧之蚕，越缚越紧，难以解脱，最终或以极端的形式求证自我。而另一种对于自己所追求的东西如蜻蜓点水，旋掠旋飞，王闿运就属于后一类型。他从不执着于某一点，当他发现一条道路走不通时，他特别善于从五彩斑斓的人生中找到另一条替代之路。因此，尽管他的人生充满坎坷磨难，但是他永远是那么达观。

三、悠悠万事随流水，白鹿山头栖诗魂

二女儿桂窊的病故，犹如当头一棒，击在风烛残年的王闿运头上，

更让他挂怀的是尚处战争腹地成都的七女儿莐。七月初二，病得连举笔都困难的王闿运仍坚持哆哆嗦嗦地给七女儿写信：

> 长沙日日可破，亦不知何日到信。此时三姊已来，真妹将至，闻九妹亦将来矣。汝则陷于兵中，坐听蔡、陈、周摆布，亦可乐也。今年伏天极凉，西瓜不佳，已近七夕，全无暑气，为从来所未有。我眠食如常，一无病状，但怕进药。想逃至汝处，汝亦必进药。惟恨不得到北一游，坐听杨、夏定罪，议员吃花酒前得迁居会府街书，即复一函，径寄成都，想发第二封时尚未到也。我自五月廿日到街筹办乡勇，县人均不赞成，遂即还山。忽患腰腹肿病，一无痛苦，但两月不消。于是大哥、三哥、大嫂、四嫂，凡送终者皆到城中，亦多有客来看，医生来者亦四五人，天天吃药，为生平未有之苦。余廿岁即有诗云："思欲置妻子，偃卧松柏邻。"以为独死，其乐无极。今85岁受此苦境，想亦宿业所招，无可避也。汝闻又可担心数日，亦愈望家信，不知凶信到得最快，不到即是好事。杜诗云，"反畏消息来"，是真担心人也。

在信中，王闿运说明自己的病情已日渐见危，可仍然是那么豁达乐观。确实，自5月起，受二女儿去世的刺激，王闿运一病不起。中药苦不堪言，让他难以下咽。王闿运认为这是生平未有之苦，而他之所以老老实实吃药，是为了"应酬侍疾者"。

曾风流倜傥的王闿运不意自己至老竟受病魔百般折磨。王闿运最担心的还是女儿的安全，女儿地处战争腹地，陷于兵中，生死未卜。身为父亲的他很幽默达观地说女儿坐听蔡、陈、周摆布，亦可乐也。实际上表达出老人多么无可奈何的心声：身处险境，何乐之有？除了听之任之，还能怎么办呢？王闿运只能如此宽慰女儿，同时也宽自己的心。

在耄耋之年，王闿运仍然关心社会事务。因邻近县各防军烧杀抢劫，他派人招团总来，要组织乡勇保护乡里，然后往县城议练兵之事，但人们大多只愿捐钱物，不愿出力。对此，王闿运感到无可奈何，过去振臂一呼，应者云集，现在却无人响应。他既感到世态炎凉，也觉得世风日下。

病中的王闿运，除了想念着女儿，想念着亲人，还想念着学生。在信中，他还提到了杨度、夏午贻两位学生，他唯恨不得到北一游，坐听杨、夏定罪，表达出他内心的悲愤。杨度是他帝王之学的衣钵传人，夏午贻也是他的高足。他们所托非人，结果落得与袁世凯一样身败名裂。

即使到去世的那一年，王闿运还通过朋友、亲戚的书信，通过看报，对国家大事了然于心。

正月十一日，儿子功寄信来，谈到袁世凯与蔡锷的事情，王闿运看了以后说，"不甚的实"，可见，老人对时局自有个人的主见。

二月二十八日，省城来信告知广西兵起，人心惶惶，各种报纸将时局炒得沸沸扬扬。

四月六日，王闿运看报，报上纷纷责总统退位，词严义正，非武力不可解决。看到这些文字，王闿运觉得很滑稽，认为这一切，"但为国史增几篇佳文矣"。

四月二十一日，看报上各种时局新闻，王闿运以为所谓诸侯放恣，处士横议，亦可乐也。

可见，因为年事已高、阅世多，他以一种旁观戏谑的态度看待世事。直到六七月，他弥留病榻，仍不时看报，关注着时局。

王闿运倍感痛苦的是缠绵病榻，受此苦境，经此折磨。6月10日的日记中，他又说，"连日殊苦于医药，亦苦于力，欲已之而不得，遂苦于病"。1916年7月7日，好友彭畯五从长沙来到山塘，王闿运很高兴，欣然提笔写下一首七律：

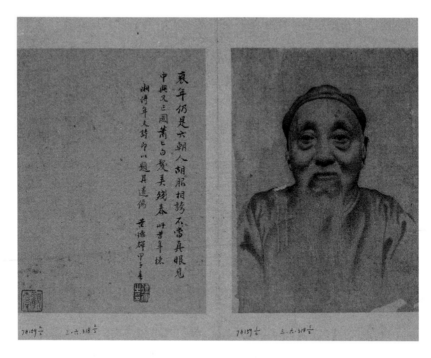

王闿运遗像及叶德辉题诗册页（图片来自湖南省博物馆）

山中伏日无炎气，天上星辰有别离。

满地干戈起荆棘，故人交谊契兰芝。

来逢银汉无波候，坐到钟楼落月时。

从此清秋忆良会，为君长咏碧云诗。

这是他一生中最后一次写七夕诗，不料竟成绝笔，他在诗里诉说了对友谊的无尽眷恋，对乱世的无比感愤情怀。两个多月后，9月24日午夜，一代奇人溘然谢世。

王闿运的后人将他葬在山塘附近，湘潭县西的白鹿冲，墓依青山、灵栖白鹿。苍松翠柏围绕在他的墓边长伴诗魂。也许最终休憩在这山清水秀的故里，不是这位诗坛魁首、经学泰斗、一代奇人的初衷，但这里的秀丽、宁静无疑使这颗曾经雄焰万丈的心在这里得到彻底的解脱。

王闿运的乡人——今人李寿光先生写了《蝶恋花》咏之：

一岁春风花一度。过客浮生，总逐流光去。鸿爪雪泥留毁誉，是非漫说无凭据。

偶为乡邻留掌故。论世知人，也采杨雄赋。收拾丛残休吊古，骄阳正在花深处。

也许，这是对他一生较恰当的概括和评说。